AF314272

REMARQUES

SUR

CERTAINES NOTES, CERTAINES OBSERVATIONS
ET CERTAINES CORRECTIONS,

DONT

M. J. VINSON A ACCOMPAGNÉ L'ESSAI SUR LA
LANGUE BASQUE PAR F. RIBÁRY.

(Paris, 1877, Franck.)

PAR

LE PRINCE LOUIS-LUCIEN BONAPARTE.

REMARQUES

SUR

CERTAINES NOTES, CERTAINES OBSERVATIONS ET CERTAINES CORRECTIONS,

DONT

M. J. VINSON A ACCOMPAGNÉ L'ESSAI SUR LA LANGUE BASQUE PAR F. RIBÁRY.

PAR

LE PRINCE LOUIS-LUCIEN BONAPARTE.

PARIS:

ERNEST LEROUX, ÉDITEUR

DE LA SOCIÉTÉ PHILOLOGIQUE,

DE LA SOCIÉTÉ ASIATIQUE, DE L'ÉCOLE DES LANGUES ORIENTALES, ETC.

28, RUE BONAPARTE, 28.

1877

REMARQUES,

ETC.

En publiant la traduction de l'Essai sur la langue basque par
F. Ribáry, M. Vinson a rendu un service à la science linguistique ;
par certaines de ses notes, de ses observations et de ses corrections, cet ouvrage fort estimable, quoique élémentaire, a été per-
fectionné et rendu plus complet ; par d'autres notes, d'autres
observations et d'autres corrections, M. Vinson n'a pas rendu
justice à l'auteur, et s'est très-souvent trompé en affirmant des
choses qui ne nous paraissent pas bien exactes. De ces trois assertions, nous ne tenons qu'à prouver la dernière, et nous entrons
immédiatement en matière.

PREMIÈRE PARTIE.

Remarques sur l'Avant-Propos.

p. vi. M. Vinson nous dit que, grâce à sa connaissance du tamoul et du basque, il a pu dans un an maîtriser la langue hongroise qu'il ignorait, au point de la traduire facilement. Sauf le
cas d'une organisation tout à fait exceptionnelle, que nous félicitons
M. Vinson de posséder, nous ne croyons pas que, pour l'immense
majorité des mortels du moins, la connaissance du tamoul et du
basque, langues qui, quoique agglutinantes, appartiennent non
seulement à deux familles, mais à deux souches différentes de
l'altaïque dont le hongrois, comme langue ouralique, fait partie,
puisse être d'un grand secours pour la connaissance rapide de ce
dernier.

p. vii. M. Vinson s'étonne que M. Ribáry ait pu obtenir de

bons résultats avec les mauvais livres qu' il a pris pour guide.
Quoique l' on ne spécifie pas, parmi ces ouvrages si mauvais, notre
brochure sur la langue basque et les langues ouraliques, il est évident que le *de te fabula narratur* s' applique d' une manière tacite
plus particulièrement à l' humble auteur de cette pauvre brochure,
puisque c' est bien celle-ci, d' après M. Vinson, qui a donné l' idée à
M. Ribáry de s' occuper du basque, et que ce dernier la cite, à la
p. 13, comme un des ouvrages dont il s' est le plus servi. Nous
possédons trop de témoignages, très flatteurs pour nous, puisqu' ils
viennent de juges autrement compétents en fait de basque que
n' est M. Vinson, pour qu' il nous soit possible d' accueillir autrement que par un gai sourire cette aimable insinuation. Quant
aux ouvrages sur le basque dont M. Ribáry s' est servi, nous pouvons assurer que, s' ils ne sont pas tous bons, il y en a d' excellents,
et fort peu qui ne soient supérieurs à ceux de certains auteurs
modernes non basques et que M. Vinson aurait voulu voir adopter
de préférence par M. Ribáry.

En affirmant que le verbe basque, tel qu' il est donné par cet
auteur, présente l' essai d' analyse le plus méthodique dont ce
"sphinx redoutable" ait encore été l' objet, M. Vinson se fait la
plus grande illusion. Comment ne voit-il pas que M. Ribáry lui-
même ne saurait en bonne foi accepter un compliment qu' il a
déjà prodigué à M. van Eys, et qui ne peut justement convenir
qu' aux admirables ouvrages de Zavala et d' Inchauspe, dont le
dernier a reçu un prix de l' Institut ! Cette grande admiration pour
l' essai fort estimable de M. Ribáry, comment se concilie-t-elle
d' ailleurs avec l' injustice patente dont fait preuve M. Vinson, qui
se sert de la modestie même du savant hongrois pour lui refuser
jusqu' à la qualification de linguiste qu' il a bien plus méritée que
certains auteurs modernes, non seulement par ses études sur le
basque, mais aussi par ses intéressantes recherches sur le morbin!

pp. ix. et x. M. Vinson se déchaine contre ceux qu' il appelle
les rêveurs et les métaphysiciens qui entrevoient la liaison du
sémitisme avec l' aryanisme, en se servant du mot *touranisme* qui
n' a pas de sens. Il n' y a rien que l' on redoute autant que l' in-
connu ; et de même que M. Vinson ignore ce que peut signifier
touranisme, de même il nous paraît ignorer le sens du mot méta-
physicien, qu' il croit pouvoir appliquer à l' *homme qui entrevoit la liai-*

son du sémitisme avec l'aryanisme et qui emploie le mot "touranisme".
Nous ferons donc observer à M. Vinson qu'en admettant une
liaison entre les langues sémitiques et les langues aryaniques, on
en se servant du mot *touranique*, on peut avoir ou ne pas avoir
tort, mais que cela, en tout cas, ne prouve ni que ce mot n'a pas
de sens, ni que l'on soit l'être si redoutable pour lui — un méta-
physicien en linguistique — !

Quant au reproche que l'on peut faire au mot *touranique*, reproche qui nous fait désirer de grand cœur son expulsion totale du
langage scientifique, il est d'une nature tout opposée à celle sur
laquelle se fonde celui de M. Vinson. Ce n'est pas, en effet, le
manque de sens de ce mot, mais ce sont au contraire les trois sens
différents dans lesquels il est employé par les grands linguistes,
qui le rendent peu propre à exprimer nos idées ; car on n'ignore
pas que pour les uns *touranique* est synonyme de *non aryanique et
non sémitique*, tandis que pour d'autres il signifie *agglutinant*, et
pour d'autres *altaïque.*

En ce qui concerne une liaison quelconque entre les langues
sémitiques et les langues aryaniques, il est bien avéré que les unes
aussi bien que les autres sont des langues flexives. Nous ren-
voyons au savant mémoire de M. Ascoli "Il Nesso Ario-Semitico".
Ce véritable maître a plus fait que qui que ce soit sur cette importante question qui est encore indécise, mais ce n'est pas en lui
empruntant ces idées sur la nature flexive de ces langues, sans
toutefois le nommer, que certains membres de la "vaillante
armée de travailleurs" dont parle M. Vinson qui a l'honneur, cela
va sans dire, d'en faire partie, pourront acquérir cette autorité qui,
jusqu'à présent, ne leur a pas été reconnue par les représentants
sérieux de la vraie science moderne.

p. xii. D'après M. Vinson, le basque est d'une incorrection
choquante à Saint-Sébastien et à Saint-Jean-de-Luz. Nous avons
déjà répondu à la première de ces assertions qui a été insérée,
quant à Saint-Jean-de-Luz, dans un obscur journal de Bayonne
par un M. G. Quant à Saint-Sébastien, nous dirons à M. Vinson
que la même réponse s'y applique, tout en lui rappelant que si les
deux dialectes basques de ces localités ont, comme tout autre parler
populaire, leurs défauts que nous avons fait connaître dans notre
"Verbe", ils sont exempts d'autres défauts plus importants qui se

rencontrent en bon nombre d'autres localités et que nous avons également fait connaître dans notre ouvrage. Les parlers de Saint-Jean-de-Luz et de Saint-Sébastien sont classés, d'après l'avis de personnes compétentes, parmi les purs, sans toutefois être les plus purs.

"Tout fait prévoir la mort prochaine de l'*escuara* ou *euscara*", continue M. Vinson.

Rien n'indique, répondons nous, que le basque ait envie de mourir. Cette langue contre laquelle M. Vinson conserve une rancune, soit parce qu'elle appartient à une race ancienne qui ne pactisera jamais avec certaines idées des membres de la "vaillante armée", soit parce qu'il n'ait jamais pu parvenir à la maîtriser complètement au point de vue scientifique, continuera à vivre pour des siècles, nous le promettons bien à M. Vinson, à la grande satisfaction des vrais linguistes et des vrais philologues.

Parmi les sons le plus généralement employés en basque, M. Vinson cite les sifflantes, les nasales et les gutturales. Il oublie non seulement les voyelles, mais aussi les consonnes palatales qui y sont très-fréquentes. En effet, comment pourrait-il en être autrement du moment que *t* final représente le pronom de première personne du singulier dans de nombreux terminatifs soit à sujet, soit à régime indirect? Il nous dit aussi que le basque aime assez ces sons mixtes, intermédiaires entre les palatales et les gutturales, qu'affectionnent les langues agglutinantes. Mais ce fait, quoique exact, est sans valeur dans le cas dont il s'agit, puisque ce n'est pas par de tels sons que la nature incontestablement agglutinante de l'euskara saurait être confirmée. En effet, outre que cette langue ne présente ces sons que dans leur modification mouillée, tels que *ty, thy, dy* dans *tyortyoila, athyia, andyere* "tourterelle, la sauterelle, demoiselle", ces sons intermédiaires sont fréquents dans les dialectes aryaniques, tels que les deux corses et le sarde septentrional de Tempio parmi les italiens, le picard et le normand parmi les français, l'illyrien et le bohème parmi les slaves, etc., etc. L'aversion des groupements de consonnes dont parle M. Vinson, ne peut être admis non plus qu'avec beaucoup de restrictions, puisque tout ce que l'on connaît soit de plus moderne, soit de plus ancien en fait de basque présente très-souvent (sans parler de *ntz, rtz, st*, etc. dans les monosyllabes *intz, hortz, bost* "rosée, dent, cinq ") des groupes tels que *br, pr, gr, kr,* et même *zr, skr, tzr, chr, nr* dans certains dialectes, qui ne peuvent avoir emprunté les cinq derniers ni à l'espagnol, ni au gascon, ni au français. Dans Liçarrague *drauka, draut* "il le lui a, il me l'a" sont fréquents ; il en est de même de *zra* et de *nroke* "tu es, il me peut " (potest me) en roncalais ; de *libria* "le livre " en souletin, et de *abre* "tête de bétail" en labourdin, etc., etc. On peut faire des conjectures sur ce que le basque pouvait ou ne pouvait pas être jadis, mais tant que ces conjectures auront contre elles les faits que l'on observe dans n'importe quel basque soit ancien soit moderne pourvu qu'il ait une existence réelle, elles ne pourront être admises que pour un euskara imaginaire. Ceci s'applique surtout à la supposition due à M. Vinson que les mots basques d'autrefois se composaient tous d'une suite de syllabes régulières formées d'une consonne et d'une voyelle. Il n'y a à tout cela qu'un petit inconvénient, le manque absolu de preuves. Et voilà la science que l'on ose appeler moderne et positive !

Mais ce qui choque le plus dans cette page, c'est l'assertion, on ne peut plus erronée, que le basque complète par une voyelle épenthétique les consonnes finales muettes. Pour que cela puisse se concilier avec les faits, il faudrait qu'il n'y eût pas de mots basques finissant en consonne muette. Or, nous demandons si les mots *gizonak, dok, dik, emok, dituk, bat, det, dit, bost, ditut* "les hommes, tu l'as, il l'a *masc.*, donne-le-lui, tu les as, un, je l'ai, il me l'a, cinq, je les ai" ne finissent pas en consonne muette ; si l'on entend dans la prononciation de ces mots un son final autre que celui du *k* ou du *t* ; si ces consonnes enfin ne se prononcent pas exactement comme le *c* et le *t* français de *estoc* et de *fat.* Que devient donc le soin que prend le basque de compléter par une voyelle épenthétique les consonnes finales muettes ?

Que la dérivation formelle s'opère par la suffixation des éléments de relation ; que les signes pronominaux soient aussi préfixés aux verbes, personne ne le contestera à M. Vinson ; mais qu'à part cette différence, les noms et les verbes ne soient pas traités d'une manière distincte, c'est ce que nous nions. Dans les noms, le thème reste inaltéré, et les suffixes seuls sont susceptibles de modification. C'est ainsi que *zur* et *begi* "bois, œil " restent toujours *zur* et *begi* dans *zura* ou *zure* et *begia, begiya, begie* ou *begiye* ;

zurak et *begiak* ou *begiyak* ; *zurek* et *begik* ; *begiek* ou *begiyek* ; *zuren* et *begiren* ; *zuraren, zurain, zurein* ou *zuraan* et *beguren, begiyaren, begiain, begiyain, begiein, begiyein* ou *begiain* ; *zuraken, zuraen* ou *zuren* et *begiyaken, begiyaen, begien* ou *begiyen* ; *zuri* et *begiri* ; *zurari* et *begiari* ou *begiyari* ; *zuraki, zurai, zurei, zureri* ou *zurer* et *begiyaki, begiai, begiyai, begiei, begieri, begiyeri* ou *begier* ; *zurez* et *begiz* ; *zuruz* et *begiaz* ou *begiyaz* ; *begiez* ou *begiyez* ; *begitako* ; *zureko* et *begiko* ; *zuretako* et *begietako* ou *begiyetako* ; *begitan* ou *begiten* ; *zuretan, zurian* ou *zurien* et *begian* ou *begiyan* ; *zuretan* et *begietan* ou *begiyetan* ; *begitara* ; *zurera, zuriara* ou *zuriala* et *begira, begire, begiura* ou *begiala* ; *zuretara* et *begietara* ou *begiyetara* ; *begitarik* ; *zuretik* et *begitik* ; *zuretatik* ou *zuretarik* et *begietatik, begiyetatik, begietarik* ou *begiyetarik.* Dans tous ces exemples, les suffixes, selon les dialectes, peuvent ou ne peuvent pas être modifiés, mais le thème reste constamment intact. L'inaltérabilité du thème a-t-elle toujours lieu dans les terminatifs verbaux ? Nous n'hésitons pas un instant à répondre négativement, et voilà en quoi consiste la différence qui détruit de fond en comble l'assertion de M. Vinson, que les noms et les verbes ne sont pas traités de deux manières distinctes. En effet, le changement que l'on observe tantôt dans la voyelle, tantôt dans la consonne du thème verbal, prouve que même une langue aussi agglutinante que le basque peut offrir des exemples de flexion. On peut même aller jusqu'à dire que les terminatifs allocutifs basques suivent souvent la méthode des langues flexives. Bien que la flexion se produise en basque sous l'influence de l'allocution, celle-ci n'est pas toutefois nécessaire, car il est évident que dans le terminatif non allocutif *dit* "il me l'a" le changement de l'*u* de *du* "il l'a" en *i* est tout à fait distinct du *t* final indiquant le régime indirect. Peu importe que cette permutation ait ou n'ait pas eu lieu pour éviter la confusion qui serait résultée entre *dut* "je l'ai" et *dut* "il me l'a", si ce dernier avait été adopté au lieu de *dit.* Peu importe, disons-nous, car *egit* et *agit* du latin se trouvent dans le même cas, quoique la forme flexive ait pour cause une différence de temps dans ce dernier, et une différence de traitement ou de rapport en basque. Quant aux exemples de permutations produites sous l'influence de l'allocution, on n'a qu'à étudier les tableaux de notre "Verbe". Voilà toutefois quelques exemples fournis par le guipuscoan : *dit*, *diat masc.*, *diñat fem.* "*je l'ai*" ; *du*, *dik*, *diñ* "*il l'a*" ; *zuen*, *zikan*, *ziñan* "*il l'avait*" ; *luke*, *likek*, *liken* "*il l'aurait*" ; *dio*, *diok*, *zion* "*il le lui a*" ; *deutsagu*, *jeutsaagu*, *jeutsaagu* "*nous le lui avons*".   Ce dernier exemple appartient au biscaïen.

M. Vinson nous dit : "Les pronoms *nous* et *vous* ne sont point les pluriels de *je* et de *tu*".

D'accord. Mais, au risque de paraître un peu trop curieux, nous demanderons à M. Vinson, si c'est au français que cette assertion s'applique, ou bien au basque. Si c'est au français, tout en la trouvant très-juste, nous pourrions-lui reprocher de manquer d'opportunité, car à quoi bon de nous renseigner sur un fait de grammaire française lorsqu'on ne s'occupe que du basque ? C'est donc à coup sûr à ce dernier qu'elle se rapporte. Mais alors, pourquoi ne pas donner les noms basques des pronoms dont il s'agit ? Il faut bien, sans doute, que l'on ait eu de bonnes raisons pour ne pas le faire. Quoiqu'il en soit, pour que l'on puisse comprendre de quoi il s'agit, nous allons reproduire textuellement les paroles citées plus haut, mais en accompagnant les noms des pronoms français de leur synonymes basques tels que nous les entendons : "Les pronoms *nous* (gu) et *vous* (zuek), ne sont point les pluriels de *je* (ni) et de *tu* (zu ou i)". Que *gu* et "nous", que *zuek* et "vous" ne soient pas les pluriels de *ni* et de "moi" et de *i* et de "tu", c'est ce que nous admettons volontiers ; que *zuek* soit le pluriel de *zu* ni plus ni moins que *gizonak* est le pluriel de *gizona*, est aussi au-dessus de toute conteste, mais que *zu* soit un pluriel, est aussi peu vrai que le français "j'aimasse" est un plus-que-parfait comme le latin *amarissem* ou *amavissem*, et non pas un imparfait du subjonctif comme le latin *amarem*. Or, comme le temps du français n'en est pas moins, malgré son origine, un véritable imparfait, il s'en suit qu'en admettant, comme nous avons été le premier à le faire (*Voyez* p. xvi de notre "Verbe") que *zu* ait jadis exprimé le pluriel français "vous" et que sa forme soit comparable à celle de *gu*, il s'en suit, disons-nous, que ce pronom ne doive non plus pour cette raison être considéré comme un pluriel. Il ne peut pas d'ailleurs être assimilé à "vous", puisque ce pronom est le seul que l'on emploie en français en parlant à plusieurs personnes, tandis que *zu* ne s'emploie jamais en basque qu'en s'adressant à une seule. Il pourrait, tout au plus, être comparé à "vous" employé comme singulier, mais quand même cette comparaison serait exacte, elle ne servirait qu'à confirmer que *zu* est bien un singulier comme le "vous" singulier auquel on le compare. Nous ferons remarquer, à ce sujet, que le vrai pluriel de *i*, ou le "vous" familier, n'est pas entièrement éteint, puisque *irek* est quelquefois employé, dans ce sens, par quelques vieux campagnards de la vallée biscaïenne d'Arratia.

p. xiii. "Quelques suffixes sont spécialement remplacés par d'autres avec des noms d'êtres animés".

Nous répondons à M. Vinson, que ce n'est pas un remplacement de suffixe qui peut avoir ou ne pas avoir lieu, selon les circonstances, avec les noms des êtres, non seulement "animés", mais "raisonnables". Dans *aita gaudik* ou *aitaren gonik* "du père" (*ex patre*), *aitaren baithan* "dans le père", *aitaren gana* ou *baithara* "au père" (*ad patrem*), *gan* et *baitha* s'ajoutent aux suffixes ordinaires *tik*, *n* et *ra* et ne les remplacent pas. C'est ici le cas de faire remarquer que *baita* (accent tonique sur le premier *a*) se retrouve en général dans les dialectes appartenant aux deux branches lombardes de la langue gallo-italique, le plus souvent avec le sens de "chaumière, cabane, retraite", et tantôt avec celui de "maison", tantôt avec celui de "charbonnière". Ce mot appartient aussi à plusieurs langues sémitiques, telles que l'hébreu, qui a *baïth*, dans le sens de "maison".

Nous ne suivrons pas M. Vinson dans tout ce qu'il continue à nous dire sur un certain basque primitif engendré par sa fantaisie ; dans ses renseignements sur le nombre exact des modes, des temps, des voix, des suffixes de ce très-intéressant langage ; de ce qu'il pouvait, d'après ses décisions *ex cathedra*, avoir ou ne pas avoir de commun avec le basque réel, etc., etc., car ce ton d'assurance devrait enfin nous persuader qu'il n'est tout aussi bien trouvé présent aux entretiens des anciens Euskaldunak que nous nous sommes trouvé à ceux des anciens Dravidiens. Contentons-nous de déclarer, dans l'intérêt de la vraie science, qui devrait être traitée avec plus de respect, que les assertions de M. Vinson, étant purement gratuites, se trouvent au-dessous de toute critique sérieuse. Lorsqu'on ne met pas soi-même un frein à son imagination, comment peut-on ne voir que des rêveurs dans les

autres ?   Ne s' expose-t-on pas plutôt à se faire appliquer les deux
petits vers pas lesquels le P. Tournemine était connu, d' après
Voltaire, par ses confrères ?

> " C' est notre père Tournemine
> Qui croit tout ce qu' il imagine."

p. xiv. Ici M. Vinson abandonne son euskara chimérique, mais
en nous donnant ses renseignements sur le basque réel, et en
disant que cette langue n' a pas de pronoms relatifs ; en déci-
dant, de sa propre autorité, que son vocabulaire, qu' il avoue ne
connaître qu' imparfaitement, est fort pauvre ; en avançant que le
basque n' a pas de mots pour exprimer des idées abstraites, etc., il
ne fait que répéter exactement ce qui a été dit par M. Hovelacque
son maître, qui a au moins sur lui le mérite de l' originalité.
Comme nous avons déjà fait justice de tous ces errements, nous
nous bornerons à renvoyer le lecteur à notre article inséré dans la
" Revue de Philologie et d' Ethnographie ", publiée par M. Újfalvy,
T. ii., p. 233.

" Quant à la syntaxe, le basque ressemble à toutes les langues
agglutinantes ".

On ne saurait mieux répondre à une proposition aussi générale
que par cette autre qui ne l' est ni plus ni moins : " Quant à la
syntaxe, le français ressemble à toutes les langues flexives ", ou bien,
si l' on était zoologiste : " Quant aux fonctions, la salamandre ou
le crapaud, animaux vertébrés, ressemblent à l' éléphant et à la
chauve-souris, animaux également vertébrés ".   Nous admettons
donc très-volontiers avec M. Vinson que le tamoul et le basque,
langues agglutinantes, se ressemblent, quant à la syntaxe, autant
que l' arabe et le français.   On conçoit très-aisément qu' avec une
pareille méthode M. Vinson soit arrivé à la conclusion suivante.
" La langue basque (qu' elle les ait ou non peu importe) ne peut
avoir de pronoms relatifs, puisque les langues dravidiennes n' en
ont pas ".

p. xv. M. Vinson, toujours aimable envers les Basques, se plaît
à tâcher de faire croire, autant du moins que cela est en son
pouvoir, que ce peuple illettré ne peut se mettre au niveau de ses
voisins qu' en oubliant son antique langage.   A d' autres !—Quand
même M. Vinson aurait le pouvoir, presque miraculeux, de trans-

former, par son rare talent, en vérité palpable une erreur aussi
manifeste que celle qui consiste à dire que les Basques ne sont
pas au niveau de leurs voisins, il lui resterait encore à prouver que
cette infériorité dépend de leur langue antique. Qu' il le fasse, à
la satisfaction des gens sensés bien entendu, et nous lui dirons
bravo. Qu' il nous soit permis en attendant de lui faire observer
que, d'après la Carte du Progrès de l' Instruction en France par
M. J. Manier, tandis que dans le Département des Landes où il n'y
a pas de Basques le nombre des illettrés était, en 1867, de 33 à 83%,
dans celui des Basses Pyrénées où le tiers de la population parle
basque, les illettrés se trouvaient être, à la même époque, de 19 à
25%. Or, les Basques pouvant parler leur langue n' ayant d' autres
voisins en France que les Gascons landais, les Gascons bayonnais
et les Béarnais, et en Espagne que les Basques ayant perdu leur
langue et les Aragonais, ces faits ne sont nullement favorables à
l' opinion si légèrement émise par M. Vinson que la langue puisse
exercer une influence nuisible sur l' instruction du peuple basque.
En effet, ni les Basques ayant perdu leur langue, ni les Aragonais
ne diffèrent en rien des Basques basquisants quant à l' instruction.
Mais, si les Basques ne sont pas plus illettrés que leurs voisins,
à quelle autre genre d' infériorité M. Vinson fait-il donc allusion
lorsqu' il parle de niveau ?, car on s' aperçoit bien qu' il n' aime pas
à être explicite ; et, franchement, nous détestons cette manière
qui, à coup sûr, ne sera pas non plus du goût des autres gens qui
aiment la clarté. Est-ce donc par les qualités du cœur que cette
infériorité se manifeste chez les Basques ? Mais, l' honnêteté de
ces braves gens est proverbiale, et nous défions leur ennemi, M.
Vinson, de nous prouver le contraire. Est-ce par les qualités de
l' esprit, par le manque d' hommes distingués dans les sciences,
dans les lettres, dans l' armée, dans la marine, dans la magistra-
ture, dans l' Eglise que les amis calomniés que nous vengeons sont
si décidément inférieurs à leurs estimables voisins ? Ce n' est pas
à nous, en tout cas, que l' on fera croire que les petits garçons et
les petites filles de l' *Euskalerria* manquent d' intelligence, car, par
leur réponses, ils nous ont amplement convaincu qu' ils étaient en
état de nous comprendre mieux que certains soi-disant linguistes
modernes. Quant à nous, qui n' avons l' honneur d' être basque
que par le cœur, nous souhaitons à tout individu de n' importe

quel pays, sans excepter M. Vinson, l'intelligence, l'honnêteté, la bravoure, et surtout la loyauté qui se trouvent chez l'immense majorité des membres de cette noble race, un de plus beaux ornements de notre France.

La seconde moitié de cette page et les pp. 16 et 17, ainsi que la première moitié de la p. 18, sont occupées, presque en entier, par la répétition de tout ce que nous avons dit dans notre "Verbe" sur la classification des huit dialectes basques que nous avons répartis en trois groupes, et sur leur subdivision en sous-dialectes et en variétés.   On y donne aussi les mêmes détails que nos cartes linguistiques présentent d'ailleurs de la manière la plus évidente, et dans lesquels nous sommes déjà entré dans nos "Recherches sur plusieurs assertions de M. Hovelacque".   Seulement, comme M. Vinson conserve toujours l'habitude, en citant les ouvrages des autres, de nommer les auteurs de manière à ce qu'il soit impossible de distinguer ce qui leur appartient exclusivement de ce qui est exclusivement de son cru, nous nous croyons en devoir de faciliter cette tâche au lecteur, en le priant de vouloir bien se rendre compte de ce que nous disons à la p. iv de notre "Verbe" et aux pp. 233–235 du T. ii. de la "Revue de Linguistique et d'Ethnographie", publiée par M. Ujfalvy.

p. xix. Nous ne saurions assez approuver la qualification de "olla podrida" que M. Vinson applique à la réunion en une seule famille de langues telles que le japonais, l'esquimau, l'australien, le turc, le tamoul, le hongrois et le basque.   Il est vrai toutefois que nous ne connaissons pas encore un seul linguiste qui donne au mot "famille" appliqué à la réunion des langues gréco-latines, ou à celle des langues germano-scandinaves, ou bien à celle des langues slavo-lettoniennes, la même valeur qu'il attache à ce même mot "famille" lorsqu'il l'applique aux langues qu'il appelle "touraniennes".   C'est pourquoi nous conseillons M. Vinson de vouloir se rendre bien compte de la valeur attachée aux mots "famille" et "touranien" par les auteurs contre lesquels il se déchaîne ; car il pourrait bien, après tout, user son énergie contre un vain fantôme.   En effet, nous prétendons que, sauf les mots, M. Vinson admet lui-même, sans s'en apercevoir, la famille touranienne.   Est-ce qu'il n'admet pas, avec nous et bien d'autres, les langues flexives, les langues agglutinantes, les langues isolantes?

En quoi les langues agglutinantes réunies par lui et par nous en
une seule classe, diffèrent-elles des langues touraniennes réunies par
d'autres en une seule famille? Nous ne voyons dans tout cela
qu'une pauvre guerre de mots. Bornons-nous donc à désirer
l'uniformité dans la nomenclature linguistique, et, au lieu de nous
déchaîner d'une manière inconvenante contre des maîtres qui en
emploient une qui n'est pas de notre goût, tâchons plutôt de comprendre leur vocabulaire pour pouvoir discuter avec eux d'une
manière raisonnable.

Mais ce qui nous paraît un peu plus sérieux qu'une guerre de
mots, c'est l'inconséquence frappante que l'on peut reprocher à
M. Vinson à propos de son "olla podrida". Il trouve que le
basque et les langues dravidiennes, malgré leur nature agglutinante,
font partie de ce mets espagnol, où les éléments les plus disparates
se trouvent associés ; mais cela ne l'empêche pas de conclure du
dravidien au basque, comme on conclurait de l'italien aux français !
Le basque a beau avoir ceci ou cela, M. Vinson nous dit que cela
ne se peut guère, puisque les langues dravidiennes ne l'ont pas.
Une conclusion pareille ne saurait être admise, de la manière dont
M. Vinson l'admet, pas même entre langues sœurs ; car personne
ne s'avisera de dire, pour ne citer qu'un seul exemple, que le
portugais ne peut avoir l'infinitif dit personnel parce que l'espagnol
ne l'a pas.

pp. xix-xx. Voilà ce qui résulte de la lecture de ce charmant
paragraphe : 1°. G. de Humboldt est un abstracteur de quintessence, puisqu'il croit que les Ibères sont les ancêtres des Basques ;
2°. La théorie ibérienne n'est pas scientifiquement établie, puisque
les preuves manquent ; 3°. Les explications de Humboldt sont
inadmissibles ; 4°. Celles de M. Luchaire sont acceptables.

Quant à la qualification de "abstracteur de quintessence",
nous n'avons que cela à dire : Nous sommes heureux de partager
ce titre avec Humboldt, Pott, etc., puisqu'il vient de M. Vinson.
Intelligenti pauca.

Quant à la théorie ibérienne, elle a été si bien scientifiquement
établie, qu'elle est généralement admise par ceux qui ont rendu
les plus grands services à la science philologique ; et nous nions
de la manière la plus formelle qu'elle manque de preuves, et
qu'elle repose sur l'*a priori* cité par M. Vinson. Ce qui manque

de preuves, ce sont les assertions elles-mêmes de M. Vinson contre la théorie ibérienne et contre les explications de Humboldt qui lui servent de base.*

Quant à celles-ci, quand même elles viendraient d'hommes ayant aussi peu d'autorité scientifique que certains linguistes modernes, au lieu de nous venir d'un des géants de la linguistique ; nous les accepterions presque toutes, parce qu'elles nous paraissent presque toutes empreintes du cachet d'une saine critique. Ce n'est donc pas à nous que l'on fera accroire que l'*à priori* dont parle M. Vinson ait servi de base aux conclusions d'un homme de la trempe de G. de Humboldt.

Quant aux étymologies de M. Luchaire, il nous répugnerait d'admettre que cet amateur bien intentionné puisse croire, avec M. Vinson, que Humboldt était un étymologiste sans méthode, et surtout d'avoir fait mieux que lui. C'est avec regret que nous nous croyons obligé de dire que M. Luchaire n'a pas été heureux dans les explications qui lui appartiennent exclusivement. Nous en avons déjà combattu quelques unes, avec succès croyons-nous, car nous possédons en notre faveur des témoignages d'hommes très-compétents.

p. xxi. Il est parfaitement vrai que nous avons découvert en Roncal le mot *goiko* "Lune", mais l'étymologie que nous avons donnée du mot *Jaungoikoa* "Dieu" diffère de celle de M. Vinson. Cette dernière a paru dans le journal "The Academy" du 17 février de cette année. Dans le numéro suivant du même journal, nous avons combattu son explication de "Notre Seigneur la Lune" ou de "Seigneur Lune", en faisant voir que celle que nous avons proposée avant lui, et seulement comme possible, de "le Seigneur de la lune" peut, seule des deux, s'accorder avec ce que dit Strabon. En effet, cet auteur ne dit pas que les Celtibériens et leurs voisins du nord adoraient la lune, ni même qu'ils la considéraient comme

---

* Dans nos "Remarques sur les dialectes de la Corse et sur l'origine basque de plusieurs noms locaux de cette île", qui viennent de paraître dans le N° 4 des "Annales de la Corse" publiées par M. le D. Mattei, nous donnons une liste de mots communs au basque et au corse. Nous croyons qu'elle confirme l'opinion de Humboldt quant à la présence des Ibères ou anciens Basques en Italie.

un être raisonnable, puisqu' il rapporte qu' ils honoraient un Dieu sans nom à la présence de cet astre. Nous rappellerons, à ce sujet, que les Israélites, eux aussi, par respect, évitent de prononcer le vrai nom de Dieu. Les ancêtres des Basques n' étaient donc point des fétichistes comme on voudrait nous le faire accroire. (*Voyez* le Livre III., chap. iv. 16 de la Géographie de Strabon.)

Quant aux Celtibériens et aux Ibériens en général, nous les croyons plus ou moins rapprochés de nos Basques modernes, car, comme nous l' avons déjà dit, nous considérons la théorie de Humboldt, qui est toujours la seule dominante, comme ayant été scientifiquement établie.

p. xxii. Pour ce qui concerne la qualification de "maîtres autorisés", que M. Vinson se croit en droit de distribuer à droite et à gauche comme cela lui convient, nous nous trouvons d' accord avec lui quant à Schleicher, à Curtius et à Pezzi, mais nous ne le suivrons pas dans la continuation de sa liste.

M. Vinson décide, avec cette modestie qui sied si bien à son âge et à son autorité scientifique, que la plupart des publications indiquées par lui sont de peu d' importance. Quant à nous, nous prétendons, au contraire, qu' il y en a un grand nombre d' importantes, et parmi celles des auteurs basques, quelques-unes qui n' ont rien à envier à celles de n' importe quel pays. Nous considérons surtout comme telles les ouvrages de Zavala, d' Inchauspe, de d' Abbadie, de Duvoisin. Toute langue a ses bons et ses mauvais ouvrages, mais ces derniers se trouvent en majorité parmi ceux de certains auteurs étrangers qui, comme M. Vinson, ne connaissent le basque que d' une manière imparfaite au point de vue scientifique.

p. xxiv. Rien n' est plus blâmable, en effet, que de préférer orgueilleusement ne rien écrire, comme le dit M. Vinson, que de publier des livres qui ne soient pas irréprochables ; mais rien aussi n' est plus blâmable, ajouterons-nous, que de céder à la démangeaison que l' on a d' écrire, avant de considérer si ce que l' on donne au public n' est pas, non seulement irréprochable, mais décidément mauvais.

DEUXIÈME PARTIE.

Remarques sur les Notes complémentaires de M. Vinson.

Note 8. "Ces conclusions de Humboldt, qui n'avait pas en linguistique basque autant de compétence que M. Ribáry lui en suppose, sont loin d'être rigoureuses. Elles sont en ce moment très contestées, au moins partiellement".

M. Ribáry est parfaitement dans le vrai, et M. Vinson ne saurait empêcher, avec ses dénégations gratuites, que Humboldt n'ait été un profond connaisseur de la langue basque. Lorsqu'on nous dit que les opinions de ce grand linguiste sont partiellement contestées, nous n'hésitons pas à répondre qu'il ne suffit pas, dans ce cas, de contester une théorie généralement acceptée par les savants, mais qu'il faut, en même temps, produire des arguments qui, par leur valeur intrinsèque, puissent, en suppléant au manque absolu d'autorité scientifique de ceux qui contestent, détruire la validité des raisons d'un grand maître. Or cela n'a pas encore été fait, du moins à la satisfaction des représentants sérieux de la science moderne. Quant à nous, nous pouvons assurer qu'en passant par Durango, il y a à peu près vingt ans, nous avons entendu dire par plusieurs personnes de cette ville qui avaient connu Astarloa, que ce grand grammairien de sa langue maternelle ne pouvait assez admirer la connaissance profonde de Humboldt son hôte en fait d'euskara.

Note 10. "*F* s'est introduit dans quelques mots basques, mais il est évidemment d'importation ou de production récente. Il ne se remplace pas seulement par *p*, mais aussi par *ph*, *b*, *h* et même *y*".

Que le son du *f* n'ait pas toujours appartenu au basque, nous sommes assez disposé à l'admettre, mais qu'il soit évidemment d'importation ou de production récente, c'est ce qui ne nous paraît pas démontré. Ce son se retrouve dans tout ce que l'on connaît de plus ancien en fait de basque, et tous les dialectes en font un usage assez fréquent, non seulement dans des mots dont l'origine n'est pas basque, mais aussi dans plusieurs de ceux qui sont incontestablement euskariens. C'est ainsi que *alfer* "paresseux" remplace *alper* ou *alpher*, et que *fago* "hêtre" ou *fiko* "figue" ont pour synonymes dialectaux *phago*, *pago*, *baga*, *phiko*, *piko* et même *iko*. Dans *fhulia* "fureur" et *fhirriuda* "mouvement violent," le *f* peut être même accompagné de l'aspiration, et dans *fan* "allé", synonyme aezcoan de *juan*, le *f* remplace le *j* suivi de la voyelle labiale. Nous ferons remarquer, à ce sujet, que la permutation de *j* ou de *y* en *f*, dont parle M. Vinson, n'existe réellement pas ; car ce n'est pas seulement le *j* de *juan* qui se convertit en *f*, mais la syllabe entière *ju*, puisque le concours de la voyelle labiale *u* est nécessaire à la permutation du *j* dans la labio-dentale *f*.

Note 12. "Le *ts* n'a aucun rapport avec le *th* anglais. Du reste, M. Ribáry a reconnu lui même son erreur dans le cour de son travail : voy. p. 46, note 1".

M. Ribáry se borne à dire que le son du *ts* basque a été comparé à celui du *th* anglais. (*Voyez* p. 14.) Cette erreur n'appartient donc pas à lui. Lui appartiendrait-elle, que la rectification de M. Vinson n'en serait pas moins inopportune. Si, en effet, M. Ribáry a rectifié son erreur à la p. 46, comme dit M. Vinson, c'est bien au premier que la dite rectification appartient. Mais nous avons beau chercher à la note 1 de la p. 46 la rectification en question, nous n'y trouvons rien qui puisse s'y rapporter, car M. Ribáry n'y parle que d'avoir substitué *c* à *ts* pour la représentation du son exprimé en basque par *ts*, a cause de la confusion qui serait résultée de l'emploi de *ts* pour représenter deux sons aussi distincts que le *ts* et le *tz* basques.

Note 13. "*B* se prononce à peu près toujours comme *b* explosive labiale douce, et jamais comme *v*. Le prince L. L. Bonaparte reconnaît toutefois deux nuances de prononciation : 1° *b* français explosif, au commencement des mots et après *m*, 2° *b* gascon, prolongé ou continu, dans la plupart des autres cas".

Nous n'admettons pas deux, mais trois prononciations du *b* basque, comme M. Vinson peut s'en assurer en lisant avec attention la note 9 de notre "Verbe". Le *b* continu est incontestablement le plus fréquent, et le *b* explosif le plus rare des trois. Quant au *b* qui ressemble au *v* anglais, il est assez commun, et passe souvent inaperçu chez les personnes qui ne se sont pas occupées, *ex professo*, comme les Anglais, de la science des sons, ou qui s'en étant occupées, comme eux, n'ont malheureusement pas toujours cette finesse d'oreille, si commune chez les Italiens, les Espagnols et autres peuples du midi de l'Europe.

Note 14. "Ce tableau des consonnes basques, pour être complet et embrasser la généralité des dialectes (mais M. Ribáry ne s'est occupé que du guipuscoan), devrait comprendre, etc."

Ce tableau, pour être complet, répondons-nous à M. Vinson, devrait embrasser les sons que nous avons enregistrés à la p. ii. de notre "Verbe", sons dont l'existence a été plus que constaté par nous sur les lieux. La liste que M. Vinson donne des sons basques, est incomplète, exubérante et fautive. Elle est incomplète ; car le manque de plusieurs sons que nous donnons la rend telle. Nous n'y voyons figurer, en effet, ni le *b* continu ; ni le *b* analogue au *w* anglais ; ni le *dj* de *espundja* "éponge", souletin ; ni le *dz* de *udza* "l'eau", tel qu'il se prononce à Arbizu ; ni le *d* roncalais, propre aussi à certains dialectes finnois ; ni le *j*, propre au biscaïen ; ni le *s* du basque espagnol, différent du *s* du basque français ; ni le *s* basque doux, propre au souletin ; ni le *tz* de tous les dialectes ; ni le *y* consonne de l'espagnol ; ni le *y* consonne nasal du roncalais ; ni le *z* doux du souletin. La liste des consonnes basques, donnée par M. Vinson, est exubérante ; car *kh*, *ph*, *th* ne sont pas des sons simples en basque. Ils correspondent au *kh*, au *ph*, et au *th* du sanscrit, que Lepsius considère comme des composés de *k*, de *p* et de *t*, suivis de *h*. Lepsius aurait-il tort, que M. Vinson n'en aurait que moins raison, car, dans ce cas, sa liste, au lieu de pécher par exubérance, pécherait par défaut. Il faudrait, en effet, pour être conséquent, qu'il ajoutât au *kh*, au *ph* et au *th*, les consonnes suivantes : *fh*, *lh*, *nh*, *ñh*, *rh*, *rrh*, *tth*. La liste de M. Vinson, enfin, est fautive ; car : 1°. le *j* espagnol est une gutturale continue, et non pas une soufflante ; 2°. *h* est une aspirée, et non pas une soufflante ; 3°. *ñ* est un son, non seulement palatal, comme le *n* anglais, mais un son palatal mouillé ; 4°. le *ch* allemand doux, tel qu'on l'entend dans *ich* "je", *mich* "moi", *echt* "légitime", etc., n'existe pas en basque. Si tant est qu'une légère différence puisse être remarquée entre le *sh* du mot labourdin *shori* "oiseau" et le *ch* français, elle ne saurait avoir de rapport qu'avec celle que l'on observe entre le *j* souletin et le *j* français ; mais le son doux du *ch* allemand, nous ne saurions assez le répéter, est étranger au basque ; 5°. le *s* basque, *s* dur français, n'est nullement le *z* hongrois, qui a la valeur du *z* français ; ce qui est connu de quiconque commence à apprendre la langue hongroise ; 6°. si le *t'*, le *g'* et le *l'* de M. Ribáry correspondent au *t*, au *d* et au *l* mouillés basques, nous voudrions bien que M. Vinson nous dise à quel son basque correspond le *d'* du même linguiste ; car, pour trois sons basques, M. Vinson nous donne quatre signes hongrois, ce qui est loin d'être clair.

Note 15. " M. Ribáry a traité plus en détail de l'accentuation basque à la fin de son étude. Je ne suis en état de rien dire pour ma part sur cette grave question ".

Si M. Vinson n'est pas en état de nous renseigner sur cette *grave question*, sur laquelle néanmoins tout linguiste qui s'occupe du basque devrait être renseigné, nous nous permettrons de le renvoyer à l'ouvrage de Lardizabal qui est parfaitement correct, comme nous avons pu le vérifier, dans tout ce qu'il dit sur l'accent tonique du guipuscoan littéraire. M. Vinson verra par là que, même un simple grammairien basque, qui n'a pas la prétention d'être un linguiste, peut, contrairement à son assertion, être fort compétent en matière de linguistique ; à moins toutefois que le sujet de l'accent tonique ne soit considéré par M. Vinson comme étranger à cette science. Pour l'accent tonique du dialecte souletin, M. Vinson pourra apprendre beaucoup de choses en lisant avec attention l'excellente traduction souletine de l'Evangile selon S. Mathieu, avec les notes grammaticales qui l'accompagnent. C'est là l'œuvre de M. Inchauspe. Ce modeste ecclésiastique nous présente donc la preuve la plus évidente que les qualités de Basque et de grammairien peuvent fort bien, en dépit de l'orgueil et de l'envie, s'associer à celle de linguiste. Quant à l'accent tonique du biscaïen et du labourdin, ainsi qu'à celui des autres variétés basques, nous gardons en portefeuille de nombreux renseignements que nous avons recueillis dans une centaine de localités, et que nous espérons pouvoir un jour, Dieu aidant, livrer à la publicité.

Note 21. 1°. " Les dialectes français ont relativement à ceux de l'Espagne, une supériorité. Ils ont deux nominatifs pluriels, l'un en *ak*, l'autre en *ek* ".

Nous avons déjà combattu cette assertion dans nos " Observations sur le basque de Fontarabie, d'Irun, etc. " Voilà ce que nous y disons à la p. 41 : "Nous n'admettons pas le moins du monde que les dialectes basques espagnols n'aient pas le suffixe pluriel en *ek*. Le dialecte haut-navarrais méridional en fait un usage aussi fréquent qu'en France, où c'est bien d'Espagne, après tout, que ce suffixe s'est introduit. Le guipuscoan et le biscaïen l'ignorent, et il en est de même du haut-navarrais septentrional pour ceux qui préfèrent de considérer le baztanais, qui le possède, comme un sous-dialecte du labourdin. (Voyez là p. 4, qui précède les tableaux préliminaires de notre "Verbe".) Quoi qu'il en soit, il n'est pas moins vrai que le suffixe actif pluriel en *ek* s'étend, au midi, depuis la frontière française jusqu'aux environs de Pampelune".

2°. "*Gatik* a le sens de *en faveur de*, *à cause de* plutôt que celui de *par*".

Cette postposition, en souletin, a aussi le sens de "malgré", surtout lorsqu'elle n'est pas précédée du suffixe génitif de possession : *hiriaren gatik* "à cause de la ville"; *hiria gatik* "malgré la ville".

Note 23. "*Aitez* (par père) est l'indéfini de *aita*".

Aitez, en labourdin, d'après M. Duvoisin,* est bien ce que dit M. Vinson, mais en souletin, en guipuscoan, et même en biscaïen, on se sert de la forme régulière *aitaz* à l'indéfini. Nous disons "régulière", car les mots terminés par une voyelle ne font que prendre un *z* pour suffixe instrumental : *¿Zer agaz jo du?* "avec quelle perche l'a-t-il battu"? ; *¿zer gauzaz itz egiten diagu?* "de quelle chose parlons-nous"? ; *azaz bete* "rempli de choux". Ces exemples peuvent servir pour le dialecte guipuscoan. Néanmoins, lorsqu'il s'agit d'un nom propre terminé en *a*, ou d'un nom quelconque terminé en toute autre voyelle que *a*, le labourdin aussi, à l'indéfini, ne fait que prendre un *z* sans changer *a* en *e*, puisqu'il dit *Saraz* "de

---

* Nous venons de recevoir une lettre de M. Duvoisin, par laquelle ce grammairien basque aussi savant que modeste nous fait connaître, sur notre interpellation, que les noms labourdins terminés à l'indéfini par *a* ne prennent qu'un *z* à l'instrumental, sans changer *a* final en *e*. C'est donc par *aitaz*, et non pas par *aitez*, que l'on doit traduire "par père". M. Vinson, malgré son peu de déférence pour les grammairiens basques, a été cette fois jusqu'à copier, pour ainsi dire, des fautes typographiques, car M. Duvoisin avait déjà corrigé à la main la plupart des exemplaires.

Sare", et non pas *Sara*, comme il dit *aitez* "de père", et non pas *aitaz*. Il paraît même que l'addition pure et simple du *z* puisse avoir lieu, dans ce dialecte, avec quelques noms communs, car on trouve, par exemple, *zer ariaz?* "par quel motif"?, au lieu de *zer ariz?*

Note 24. "Plus exactement *bazterrera* dont le sens propre est en général au dehors, vers le pays environnant, dans la région limitrophe".

Il n'y a pas d'objection raisonnable à faire à la traduction de *bazterrera* "au coin", adoptée par M. Ribáry, car *bazter* est bien "coin" ("rincon" en espagnol), et peu importe qu'il puisse aussi signifier autre chose, comme "campagne" dans le sens du latin "rus", etc.

Note 25. "On emploie généralement une tournure périphrastique, *aitaren baithan*, avec les noms de personne".

Dans le dialecte guipuscoan, qui est celui que M. Ribáry examine, c'est bien de *gan*, et non pas de *baithan* que l'on se sert. Il en est de même du biscaïen, et quant au souletin, *baithan* y est peu employé, si tant est qu'il le soit. Nous avons donc pour "dans le père": *aitagan* ou *aitaregan; aitaren baithan; aita baithan; aitan*, selon les dialectes. Il n'y a donc pas ici non plus d'objection à faire à ce que dit M. Ribáry.

Note 28. "Il faut remarquer qu' avec les suffixes indiquant localisation (à, vers, dans) l'article est toujours supprimé".

Ce mot "toujours" est de trop, car M. Vinson n'ignore pas que les mots terminés en *e*, en *i*, en *o*, en *u* et en *ü* ne suppriment pas l'article devant le suffixe inessif au singulier, puisque l'on dit *esnean, begian, artoan, suan, bürian* "dans le lait, dans l'œil, dans le blé de Turquie, dans le feu, dans la tête", et non pas *esnen, begin, arton, sun, bürün*. Dans tous ces mots, l'article *a* n'est nullement supprimé. Il en est de même du suffixe allatif *ra* en roncalais, et de *la* en salazarais et en souletin. C'est ainsi que *begiara* et *begiala* "à l'œil" remplacent le *begira* des autres dialectes.

Note 29. "*Buruda* est locatif de *buru* (tête). En magyare, *tête* se dit *fej* d'où vient *fejezet* (chapitre, *capitulum* de *caput*) et *befejezni* (achever), de *chef* qui dérive lui-même de *caput*".

Quoique l'italien ne soit pas une langue agglutinante comme

le basque et le hongrois, il offre, dans la locution adverbiale *in
capo*, une traduction du basque *buruan* plus exacte que celle
d'aucune autre langue. En effet, *capo*, en italien, a le même
sens que *buru*, non seulement au propre, mais aussi au figuré,
tandis que *cabeza* "tête", en espagnol, ne saurait remplacer le
mot *cabo*. *Al cabo de cinco dias* se rend "au bout de cinq jours",
et non pas "à la tête, ni "au chef de cinq jours"; car *cabo*, malgré
son origine, ne signifie pas tête, mais "bout". En italien,
au contraire, *capo* est un synonyme parfait de *buru* et de *fej*, et
la préposition *in* dans *in capo* correspond, beaucoup mieux que
la préposition espagnole *á* dans *al cabo*, au suffixe inessif *n* qui
s'ajoute à l'article singulier *a* de *buruan*. La seule différence
entre *buruan* et *in capo*, consiste dans l'absence de l'article en
italien, car ce n'est pas *nel capo*, mais *in capo* que l'on dit dans
ce cas.

Note 32. "La particule *baitha* inexpliquée".

Singulière particule! Que ce mot *baitha* ne soit en usage
qu'à l'inessif, à l'allatif et à l'ablatif, ne prouve pas qu'il soit
une particule; car il est évident que *baithan*, *baithara* et *baitha-
rik* ne peuvent plus être des particules que ne le sont *echean*,
echera et *echetik*. En effet, de même que ces trois derniers reconnaissent *eche* "maison" pour thème, de même les trois premiers reconnaissent *baitha*. L'existence de *baita* dans le sens de
"maison", dans certains dialectes lombards, existence dont nous
avons déjà parlé à la p. 60, est une nouvelle confirmation de la
présence de l'ancien basque en Italie. Quant à *gan*, *gana* et
gandik, qui remplacent en guipuscoan *baithan*, *baithara* et *bai-
tharik* du labourdin, ou *baitan*, etc. du navarrais d'Espagne, nous
ne pouvons nous empêcher d'y voir le nom local *ga*, synonyme
de *baita*, soit à l'inessif, soit à l'allatif, soit à l'ablatif. En effet,
ga est tellement rapproché de *ca*, synonyme dialectal italien de
casa "maison" et du lombard *baita*, que *gan* se traduit littéralement par *in casa* et in *ca*, ou par le français *chez*, dérivé aussi
de *casa*. L'Italie présenterait donc, dans ses dialectes, le mot
basque *baita*, et l'euskara, à son tour, aurait adopté *ga*, dérivé
de l'italique *ca* ou *casa*. Nous voyons dans ce dernier fait une
autre preuve de contact basco-italique. Mais ce qui nous confirme encore plus dans notre opinion, c'est l'identité parfaite que

l'on observe entre *baita* basco-lombard et *casa* ou *ca* italo-basque, jusque dans le régime de *gen* ou *baitan* "in casa", de *gana* ou *baitara* "a casa", et de *gandik* ou *baitarik* "da casa", lors qu'ils sont accompagnés du nom du possesseur. Ce dernier serait-il représenté même par un nom commun, que l'italien (non pas l'espagnol, ni le français) pourrait faire ou ne pas faire précéder *ad libitum* le nom du possesseur de la préposition *di* "de", ni plus ni moins que le basque peut, selon les dialectes, et quelquefois dans le même dialecte, le faire ou ne pas le faire suivre du suffixe génitif de possession *en*. C'est ainsi que le guipuscoan exprimera "dans le mari" par *senarragan* et *senarrarengan*; que le labourdin dira *senharraren baithan*; que le haut-navarrais méridional emploiera *senarra baitan*, ni plus ni moins que l'italien rendra "chez le mari" par "in casa del marito", et d'une manière on ne peut plus élégante et toscane: "in casa il marito".

Note 34. "*Bat* (un) se met toujours après le nom déterminé, mais les autres noms de nombre se placent au contraire avant. On dit *zaldi bat* (un cheval) et *bost zaldi* (cinq chevaux)".

M. Ribáry ne cite, en fait de noms de nombre, dans le paragraphe critiqué par M. Vinson, que *bi* "deux". Son exemple de *izar bi* "deux étoiles", est parfaitement correct en guipuscoan et en biscaïen, quoique *bi izar* le soit aussi. Ce n'est donc pas seulement *bat*, comme le prétend à tort M. Vinson, qui, parmi les noms de nombre, se place après le nom déterminé. La justice nous oblige à admettre que M. Ribáry, en suivant Larramendi et Lardizabal, se trouve avoir parfaitement raison, et que M. Vinson, qui ne reconnaît pas que l'on puisse être compétent en fait de linguistique basque lorsqu'on est Basque et grammairien, a non pas une, mais mille fois tort.

Note 37. "Il y avait à signaler de nombreuses variantes dialectales, etc."

M. Ribáry s'occupe spécialement du dialecte guipuscoan, comme du reste M. Vinson le reconnaît lui-même. A quoi donc ce reproche est-il bon? Absolument à rien. Si M. Vinson désire des synonymes dialectaux, nous pouvons bien lui en fournir des sacs, non seulement pour les noms de nombre auxquels son reproche, nous ne savons pas trop pourquoi, s'applique d'une manière spéciale, mais aussi pour bien d'autres mots, et surtout pour des formes grammaticales qu'il ne devrait pas ignorer, puisqu'il possède un assez grand nombre des spécimens de variétés dialectales que nous avons édités. S'il avait voulu seulement lire, par exemple, la traduction en haut-navarrais méridional de l'Evangile selon S. Jean, il nous aurait épargné, à notre tour, le reproche que nous avons cru devoir lui faire au sujet de la note 21 ; et, puisqu'il est question de *hogoï* "vingt", parmi les synonymes que M. Vinson reproche à M. Ribáry d'avoir oubliés, nous saisirons cette occasion pour appeler l'attention du lecteur sur le son du *g* dur dans le mot *ogeï*, synonyme de *hogoï*; de *errege* "roi"; de *lege* "loi", etc., ainsi que sur le son du *k* ou *c* dur en *pake* "paix"; en *pike* "poix", etc. Ces mots dérivent évidemment du latin *vijinti, regem, legem, pacem, picem*. Ils peuvent donc servir à prouver que le *c* et le *g* se prononçaient *k* et *g* dur à l'époque de cet emprunt qui ne saurait ne pas être fort ancien ; car, si ces mots s'étaient prononcés, d'après l'orthographe française, *patchem, pitchem, redjem, ledjem, vidjinti*, à l'italienne (ce qui est le moins mauvais) ; ou *pacem, picem, reχem, leχem, viχinti*, à l'espagnole ; ou *pacem, picem, rejem, lejem, vijinti*, à la française et à la portugaise ; ou *pacem, picem, redjem, ledjem, vidjinti*, à l'anglaise ; ou *patsem, pitsem*, à l'allemande, rien ne se serait opposé à ce que le basque adoptât quelques-unes de ces manières, en prononçant, par exemple, *patche, pace* ou *patse*; *pitche, pice*, ou *pitse*; *erreχe* ou *erreye*; *leχe* ou *leye*; *oχeï* ou *oyeï*, de même qu'il prononce *ceru* "ciel", comme s'il était écrit en français *seru*, et *jende* "gens", comme s'il était écrit χ*ende* ou *yende*; mots dont l'origine moderne néo-latine, soit espagnole, soit romane, est rendue plus qu'évidente par cette dernière prononciation.

Note 39. "M. Ribáry veut dire que *batak* est l'article défini".

Batak "l'un", ne saurait être l'article défini, qui est *a* ou *ak* "le", tandis que *batak* est le mot *bat* plus l'article *ak*. Mais l'explication de M. Vinson, n'appartient qu'à lui seul, car M. Ribáry est parfaitement clair et correct en disant, à la p. 22, après avoir parlé de *bat* comme nom de nombre : "*Bat, batek* est en même temps l'article indéfini ; sa déclinaison est double, suivant qu'il prend le suffixe *ak* ou le suffixe *ek*, pour profiter ou non de la détermination". Cela est clair, mais il n'en est pas de même de ce que dit M. Vinson.

Note 40. "*Batzuck* est le pluriel non de *bat*, mais de *batzu*".

Batzuek, disons-nous, n'est le pluriel ni de *bat*, ni de *batu*. Il se traduit par "les uns" et peut être, en guipuscoan, en biscaïen et en labourdin, tout aussi bien actif que sujet intransitif. En souletin et en plusieurs autres variétés basques, *batuk* ou *batzuk*, selon les dialectes, ne saurait être qu'actif, et, dans ce cas, le sujet intransitif est exprimé par *batzu, batzu*. M. Vinson se trompe donc de la manière la plus étrange lorsqu'il prend le synonyme ou l'actif pour le pluriel d'un mot. C'est assez dire que *batzu* et *batzuek*, de quelque manière qu'on les emploie et n'importe dans quel dialecte, ne sauraient être que des pluriels, puisqu'ils se rapportent toujours, l'un et l'autre, à plusieurs personnes.

Note 41. Que *nere* soit le génitif de *ni*, ou plutôt, d'après nous, de *neu*, n'empêche pas qu'il soit aussi un adjectif pronominal possessif, surtout sous la forme *ene* qui est tout à fait irrégulière, et ne diffère certes pas moins de *ni* ou de *neu* que "mei" du latin et "moi" ne diffèrent de "meus" et de "mon".

Note 42. Quant à l'assertion que *zu* soit le véritable pluriel de *hi*, voyez ce que nous avons dit à la p. 59. Nous ferons seulement remarquer l'inconcevable contradiction dans laquelle tombe M. Vinson qui, après nous avoir dit à la p. xii que "nous" et "vous" ne sont point les pluriels de "je" et de "tu", nous dit ici que *zu* et *gu* sont incontestablement les véritables pluriels de *hi* et de *ni*! Ajoutons aussi que le vrai pluriel de *i*, ou le "vous" familier, n'est pas entièrement éteint, puisque *irek* est quelquefois employé dans ce sens, d'après le P. Zavala, non seulement en biscaïen, mais aussi en guipuscoan. Quant à nous, l'amour du vrai nous fait un devoir d'avouer que nous n'avons trouvé *irek* que dans la vallée biscaïenne d'Arratia, et seulement chez quelques rares vieillards. Voilà quelques exemples de terminatifs correspondant à ce pronom familier pluriel de seconde personne, parmi le peu de ceux qu'il nous a été possible de déterrer ; *irek jaten duek* masc., ou *dane* fém. "vous le mangez" ; *irek jaten euen* m., ou *enenen* f. "vous le mangiez" ; *irek jango eukek* m., ou *eukene* f. "vous le mangeriez" ; *irek onak azae* m., ou *azane* f. "vous êtes bons" ou "bonnes", et quelques autres fort peu usités. Il serait donc impossible de faire entrer *irek* et ses terminatifs dans la conjugaison régulière. Un autre nom verbisé à base de *etorri* "venu", existe encore de nos jours en haut-navarrais méridional et ailleurs.

Ce n'est, à dire vrai, qu'un synonyme de *atozte* "venez", quant
au sens, puisqu'il n'implique aucune idée de familiarité ; mais,
quant à la forme, il faut y voir la preuve de l'existence d'anciens
terminatifs correspondant à *irek*. Nous voulons parler de *atozte*,
employé pour *zatozte*. *Atozte*, en effet, ne saurait pas plus s'accorder
avec *zuek*, au lieu de *irek*, que *atoz* "viens" ne s'accorde avec *zu*,
au lieu de *i*. L'usage moderne toutefois en a décidé autrement.

Note 43. "J'estime que *hau*, *hura* et *hori* doivent se traduire
celui-ci, *celui-là* et *cet* intermédiaire".

Hau se traduit par "ce, ceci, celui-ci" ; *hura*, par "ce, cela,
celui-là" ; et *hori*, n'ayant rien en français qui lui corresponde,
pourra se traduire aussi, faute de mieux, par "ce, cela, celui-là".
L'espagnol et l'italien se prêtent, beaucoup mieux que le français,
à cette traduction. En effet, *este*, *ese* et *aquel* du premier, et *questo*,
cotesto et *quello* du second, correspondent exactement à *hau*, à *hori*
et à *hura*.

Note 45. "Ce sont au contraire *nor*, *zein*, *zer* trois pronoms
essentiellement interrogatifs, dont l'un *zein* (qui) est devenu, à une
époque moderne, relatif".

Cette assertion, empruntée par M. Vinson à M. Hovelacque,
est tout à fait insoutenable, et nous en avons plus que démontré
l'absurdité à la p. 18 de nos "Remarques, etc." sur l'ouvrage de
ce dernier. Nous nous contenterons donc de rappeler à M. Vinson :
1°. Que *nor*, *zein* et *zer* ne sont pas plus essentiellement interrogatifs en basque qu'en français, car il en est de ces mots comme
de bien d'autres qui peuvent être employés d'une manière interro-
gative, sans qu'ils soient pour cela essentiellement interrogatifs.
Dans *dazekiagu* (*badakiagu*, *badakiguk*, etc., selon les dialectes,)
nori, *zeri eta zeñ agokien* "nous savons à qui, à quoi et auquel tu
appartiens", il n'y a rien d'interrogatif. Dans cet exemple, les
pronoms relatifs des deux langues sont employés d'une manière
absolue. Dans cet autre, ils ne le sont pas : *Ikusi det gizona
zeñen (zeñaren) semea dan (den)* "j'ai vu l'homme de qui il est
le fils" ; 2°. Que rien ne prouve que ces pronoms relatifs aient été
empruntés aux langues romanes, puisqu'on les retrouve dans tout
ce qu'il y a de plus ancien en fait de basque ; de sorte que la non
existence de ces mots, comme relatifs, ne saurait se rapporter qu'à
un basque hypothétique ou de fantaisie ou chimérique, si l'on

aime mieux ; 3°. Que l' on ne peut conclure d' une langue agglutitinante quelconque au basque, car ce dernier constitue, tout seul,
non seulement une famille, mais une souche indépendante dans la
grande classe des idiomes agglutinants, et diffère des langues dravidiennes à peu près autant que le latin diffère de l' hébreux dans
la grande classe des langues flexives. Le basque d' ailleurs n' est
pas le seul idiome agglutinant qui possède des pronoms relatifs,
car le hongrois, le finnois et bien d' autres langues se trouvent dans
le même cas.

Note 46. " *Iñor* et *nihor* ne sont que deux formes d' une même
mot signifiant *quelqu' un, personne*, sans négation, à moins qu' elle
ne soit exprimée : *nihor ezta* (personne n' est) ; sans *ez* (non), *nihor*
aurait un sens affirmatif".

Iñor ou *nihor* et *ezer*, lorsqu' ils viennent sans négation, n' en
ont pas moins un sens négatif, de sorte que *iñor* et *ez iñor, ezer* et
ez ezer signifient négativement " nul, nul ne, aucun ne, personne,
personne ne " ; et de même qu' en français " aucun " et " personne",
sans négation, ont un sens négatif dans ces phrases : " qui est
venu ? personne, lequel aimes-tu ? aucun ", ni plus ni moins que
dans ces autres : " nul ici ne dit mot, aucun ne vient, personne ne
mange" ; de même, en basque, *ſ nor etorri da? iñor, ſ señ maitatzen
dek? iñor, iñork emen itz ez du, iñor ez dator, iñork ez du jaten*,
présentent un sens négatif, qu' ils soient ou non accompagnés de
la négation. On voit par ces exemples que l' usage de *iñor*, sans
négation, est exceptionnel ; que la négation, quoique presque toujours pléonastiquement requise, n' ajoute toutefois rien au sens
négatif, et que le sens affirmatif n' appartient à *iñor* dans aucun
cas. Que si l' on tient à donner à la phrase un sens affirmatif, ce
n' est pas de *iñor* ou de *ezer* que l' on doit faire usage, mais de
norbait ou de *zerbait*. C' est ainsi que l' on rendra " quelqu' un
vient ", non pas par *iñor badator*, mais par *norbait badator*, et
" il y a quelque chose ", non pas par *ezer dago*, mais par *zerbait
dago*.

Note 50. Nous avons déja démontré (p. 58) que les terminatifs
verbaux basques sont susceptibles non seulement d' agglutination,
mais aussi de flexion. Quant à l'agglutination, elle s' y manifeste
tout aussi bien par les affixes pronominaux que par les pronoms
eux-mêmes (incorporation et polysynthétisme de M. Sayce). Nous

avons dans *dugu* "nous l'avons", le pronom *gu* "nous" tout pur;
dans *dut* "je l'ai", le suffixe pronominal *t*, très-différent de *ni*,
"je", et dans *ziokat*, allocutif masculin de *diot* "je le lui ai",
non seulement le suffixe pronominal *t* "je" et *k* "toi" allocutif,
mais aussi un vrai phénomène de flexion dans le changement de *d*
en *z*. Il en est de même de la permutation de la voyelle de *dut*
labourdin "je l'ai", qui accompagne l'addition du suffixe pronominal féminin *n* dans *dinat*.

Note 52. M. Vinson n'admet que quatre traitements. Il y en a
toutefois cinq, du moins en bas-navarrais oriental : l'indéfini, tel
que *giñtien* dans *ter giñtien?* "qu'avions-nous?"; le masculin,
giñtian; le féminin, *giñtinan*; le respectueux, *giñtzin*; le diminu-
tif, dont on ne parle pas, *giñchin*. Que les formes qui ne sont pas
nécessairement allocutives n'aient pas toujours existé en basque
(quoiqu' elles soient beaucoup plus fréquentes dans la vieille que
dans la nouvelle langue), se déduit de tout autre argument que
celui donné par M. Vinson. Quant aux terminatifs à sujet ou à
régime de seconde personne, ils sont et ils ont toujours été nécessairement allocutifs dans n'importe quelle langue, puisqu'il est
impossible que la seconde personne se trouve être le sujet ou le
régime sans qu'elle soit en même temps celle à laquelle le discours
s'adresse. M. Vinson a donc tort en disant qu'à la seconde personne le traitement ne puisse être qu'indéfini ou respectueux : et
ce n'est pas non plus de ces traitements nécessairement allocutifs
qu'il peut déduire la non primordialité des autres. Quant à ces
derniers, ils ne sont pas primitifs, disons-nous, parce que le basque
peut parfaitement bien s'en passer. C'est là un luxe, un luxe
fort bien raisonné, un avantage qui, sans être nécessaire, fait honneur à l'euskara, mais qui, comme tout ce qui est luxe, ne saurait
être primitif, quoiqu'il puisse être fort ancien.

Notes 53, 54, 55, 56. Une grande partie de ce que M. Vinson
dit dans ces quatre notes à propos du verbe basque, prouve qu'il
en est encore à en comprendre la véritable nature. M. Ribáry est
plus souvent que lui dans le vrai. Pour toute réponse, nous ren-
voyons le lecteur à notre "Verbe", dont M. Vinson n'a jamais su
se rendre bien compte, à en juger par l'examen qu'il a cru en
faire.

Note 57. "*Jan da* se rendrait en allemand *es wird gegessen* et *jana da* par *es ist gegessen*".

Erreur ! *Jana*, de même que tout autre adjectif verbal employé au défini et pouvant s' unir aux terminatifs de la voix transitive, sert à rendre le passif lorsqu' il est employé à l' intransitif. C' est ainsi que *jana da* signifie "il est mangé", en allemand "es wird gegessen", que le souletin exprimera par *janik da*, au moyen du suffixe infinitif en *ik*.   Quant à *jan da*, avec l' adjectif verbal à l' indéfini, M. Vinson ne devrait pas ignorer qu' il signifie, non pas "il est mangé", mais "il s' est mangé", dans le sens de "on a mangé".   Que si dans *jan da*, le sens réfléchi de "il s' est mangé (lui-même)" ne saurait facilement avoir lieu, cela tient uniquement à la nature du verbe "manger".   On n' a, en effet, qu' à substituer un autre nom verbal, tel que *galdu* "perdu", et l' on verra que *galdu da* peut tout aussi bien signifier "on a perdu", que "il s' est perdu" dans le sens réfléchi de *galdu du bere burua* "il s' est perdu lui-même" ou, littéralement, "il a perdu sa tête".

Note 58. "Des dialectes remplacent le suffixe *ko* par le suffixe *en* et disent *janen* dont le sens est encore *pour manger*".

Janen avec le suffixe génitif de possession, et *jango* ou *janko* (comme on dit à Puente la Reina) avec le suffixe génitif de relation, se traduisent par "de mangé" quant à la forme, et par "à manger" quant au sens.   Ils ne correspondent à "pour manger" dans aucun cas, car *jango det* et *janen dut* "je le mangerai" s' expliquent bien mieux par "je l' ai à manger" que par "je l' ai pour manger".   L' espagnol *lo he de comer*, rend encore mieux ces deux locutions verbales, dites "temps composés".

Note 59. M. Vinson, en donnant la série des terminaisons des adjectifs verbaux à l' indéfini, adjectifs qu' il préfère d' appeler des "participes passés", en oublie quelques-unes, telles que *a* et *du*. En effet, *saldu* "vendu", *galdu* "perdu", *khosta* "coûté", *atera* "sorti", synonyme de *aterata* lorsque *atera* n' est pas radical, en sont la preuve.

Note 61. "C' est par un singulier abus, par une étrange erreur populaire, que *izan* a pris le sens de *avoir* dans la conjugaison périphrastique.   En souletin et dans certaines variétés bas-navarraises *avoir* est toujours rendu par *ukan, ukhan, ukhen : izan naiz* (j'ai été), *ukhan dut* (j'ai eu), etc."

Ce n'est pas seulement dans la conjugaison périphrastique, mais aussi en toute autre circonstance, que *izan* signifie tout aussi bien "été" que "eu", de même que *ill* signifie "mort" et "tué". Le guipuscoan, le biscaïen, les deux dialectes navarrais espagnols, le labourdin, deux variétés sur quatre du bas-navarrais occidental, et un sous-dialecte sur trois du bas-navarrais oriental, font usage de *izan* pour "eu", et il n'y a rien qui prouve que cet usage ne soit primitif. C'est là un des caractères distinctifs de la langue basque, puisque, non seulement il ne se trouve dans aucune des langues auxquelles l'euskara aurait pu l'emprunter, mais qu'il existe en outre dans l'immense majorité de ses variétés. Il est donc très-probable que le souletin et quelques autres variétés aient emprunté au gascon, au béarnais, à l'espagnol ou au français la distinction entre "été" et "eu". Cependant, comme le double sens de *izan* intrigue M. Vinson, il trouve plus commode de l'expliquer en avançant que ce n'est qu'un singulier abus, une étrange erreur populaire. C'est ainsi qu'il tranche le nœud gordien ! mais, à ce propos, nous dirions à Alexandre lui-même que les graves sujets de la science se traitent autrement qu'à coup de hache ou de balai.

Note 62. "J'ai traduit *j'ai* parce que M. Ribáry a écrit *ego habeo*; mais le sens propre de *det* c'est *je l'ai*".

Nous ne disons pas non, mais aussi trouvons nous que M. Vinson, avant de corriger M. Ribáry dans une chose à laquelle il attache plus d'importance qu'elle ne mérite, aurait dû commencer par se corriger lui-même (*Voyez* la note 61 que nous venons de critiquer) dans sa traduction de *ukhen dut* par "j'ai eu", en la remplaçant par "je l'ai eu".

Note 64. "Les grammairiens basques espagnols ont transporté dans leur idiome original la confusion habituelle au castillan entre *tener* et *haber*".

Lorsque M. Vinson, par une étude approfondie de la magnifique langue castillane, digne émule sous quelques rapports de la toscane son aînée, se sera bien rendu compte de l'emploi de *haber* et de *tener*, il sera très-fâché (il devrait l'être du moins) d'avoir parlé de confusion entre ces deux verbes ; et lorsqu'il aura mieux étudié le basque en général, et les dialectes basques espagnols en particulier, il verra que la confusion entre *izan* signifiant "eu" ou "habido" espagnol, et *iduki* "eu" ou "tenido" de la même langue, n'existait que dans son imagination. D'ailleurs tout porte à croire que cette fine distinction, telle que les Basques et les Espagnols l'établissent, entre *haber* et *tener* ou entre *izan* et *iduki*, a été des premiers aux seconds, puisque l'usage de *tener*, dans le sens espagnol, n'est admis ni par le français, ni par l'italien, ni par la majorité des langues latines.—Quant à ceux qui pourraient trouver étrange que le basque qui ne distingue pas entre "été" et "eu" puisse distinguer entre "haber" et "tener" dans le sens de "avoir", on n'aura qu'à leur faire observer que, si l'euskara souvent abonde là où le français se trouve être en défaut, le contraire peut quelquefois avoir lieu. En effet, de même que *izan* signifie "été" et "eu", et que "je l'ai" peut se rendre par *det* et par *daukat* ; de même *ark jaten du* signifie "il le mange" ou "elle le mange", quoique ces deux phrases françaises puissent être rendues, l'une et l'autre, tout aussi bien par *ark jaten dik* lorsqu'on les adresse à un homme, que par *ark jaten din* si elles sont adressées à une femme. Une grande richesse d'une part, et un peu de pauvreté de l'autre, caractérisent donc l'euskara.

Note 66. "La forme active des pronoms ne paraît pas figurer dans le verbe, témoin les finales en *yu, zu*, sans *k*".

Il en est bien ainsi, et M. Vinson sait bien que nous avons été le premier à le faire observer, car c'est précisément sur cela qu'à la note 2 de la p. xx. de notre "Verbe", nous avons développé nos idées sur son origine. Voilà la partie de cette note qui se rapporte à ce sujet, et que nous reproduisons pour ceux qui n'ont pas la possibilité qu'a M. Vinson de lire notre ouvrage : "Nous admettons comme une des lois fondamentales de la langue basque, celle qui exige que les pronoms représentant le sujet dans les terminatifs du transitif, y figurent toujours sous la forme de sujet intransitif. Cela a lieu en dépit de la faculté inhérente au transitif de forcer le sujet à devenir actif, car on sait que celui-ci ne devient jamais tel et reste à son état naturel lorsqu'il régit l'intransitif : *zu zera, zuk dezu* (tu es, tu l'as). Cette faculté du transitif basque est une preuve de la présence du verbe dans le terminatif, preuve d'autant plus précieuse, que ce terminatif lui-même ne nous offre dans sa composition matérielle que des éléments non verbaux, quoique ceux-ci par leur réunion donnent lieu à la condition nécessaire à la manifestation verbale. Or, si d'une part il n'existe pas de sujet actif dans le terminatif transitif, quoique celui-ci ait la faculté de rendre actif tout sujet autre que celui qui entre dans sa constitution, et si d'une autre part c'est par cette faculté même que l'on prouve la présence du verbe, on doit en conclure, pensons-nous, que la manifestation de celui-ci dans la langue basque n'est pas antérieure à la réunion des éléments pronominaux. S'il en était autrement, ce n'est pas *dezu* et *degu*, mais *dezuk* et *dezuk* que l'on devrait avoir pour exprimer *tu l'as, nous l'avons*".

Note 68 et 69. "Je crois plutôt que le *t* seul est le signe de pluralité; l'*u* est une voyelle euphonique ou un redoublement du radical".

Nous ne saurions admettre que dans *ditugu* "nous les avons" *u* soit une voyelle euphonique. En effet, le premier *u* ne saurait être plus euphonique en *ditugu* qu'en *dugu* "nous l'avons"; le second appartient évidemment au pronom *gu* "nous", et n'est pas par conséquent euphonique. C'est donc l'*i* de *ditugu* que M. Vinson considère comme une voyelle euphonique, parce que cet *i*, en souletin, se change en *ü*, en donnant lieu à *dütügü*. Nous remarquerons, à ce sujet, que le basque n'emploie pas, en général, un *i* ou un *u* euphonique lorsqu'il veut éviter le contact de deux consonnes, quoiqu'il supprime quelquefois, par euphonie, ces voyelles, comme dans le terminatif bas-navarrais oriental *gintzin* pour *gintizin* "nous les avions", au traitement respectueux. Les voyelles *a* et *e* sont celles que l'on emploie le plus souvent comme euphoniques. Si *ditugu* était en réalité l'origine du terminatif en question, le basque aurait plutôt dit *datugu* que *ditugu* ou *dutugu*. Cela n'ayant pas eu lieu, nous croyons que dans *ditugu* le régime direct pluriel est représenté par *it*, et non pas par *t* seul. Quant à *dutugu*, *ut* est un dérivé de *it*, et quant à *zka*, *tza* et *tzi*, ils nous paraissent pouvoir s'expliquer sans avoir recours à la voyelle euphonique, puisque dans *diotza*, *diotzi*, etc. il n'y a pas de consonne qui suive le *tz*. Que si M. Vinson nous dit que le basque ne finit pas ses mots par des consonnes muettes, nous lui répondrons d'abord que *tz* n'est pas une consonne muette, et ensuite que beaucoup de mots basques se terminent réellement par des con-

sonnes muettes ou par *tz*, tels que *bat* "un", *bost* "cinq", *nik*
"moi", *idek* "ouvrir", *dek* "tu l'as", *biotz* "cœur", *itz* "mot",
etc.

Note 70. "*Zaituzte* (il a vous plusieurs) est dérivé pléonastiquement par l'addition de *tz*, signe de pluralité, comme *zuek*
vient de *zu* par l'addition du signe de pluralité *k*".

Le pléonasme n'a rien à voir avec le *te* de *zaituzte*, *te* qui ne
saurait être pléonastique, puisqu' il est absolument nécessaire à
convertir *zaitu* ou son synonyme pléonastique *zaituz* "il t'a" ou
"il vous a" (vous singulier), en *zaituzte* "il vous a" (vous pluriel). Quant à *zuek*, il ne peut être non plus considéré comme un
pléonasme de *zu*, puisque *zu* ne s' emploie qu' en s' adressant à une
seule personne, et *zuek* à plusieurs.

Note 71. "Ce *z* devait exister dans les primitifs qui doivent
être *zaituz*, *gaituz*".

Ce *z*, disons-nous, existe de fait, puisque *zaituz* et *gaituz* "il
m' a" et "il nous a", ou "habet me" et "habet nos", sont les
synonymes biscaïens actuels de *zaitu* et de *gaitu* guipuscoans et
labourdins. Seulement mais n' admettons pas que *zaituz* et *gaituz*
qui sont des pléonasmes, puisque le signe de la pluralité y est représenté deux fois (*it* et *z*), puissent être les primitifs de *zaitu* et
de *gaitu*.

Note 72. "Ce n'est pas *niri* mais *ni* qui est représenté dans
les formes attributives".

M. Vinson se trompe. Dans *didate* "ils me l' ont", le deuxième *d*, dérivé de *t*, représente *niri* "à moi" ou "mihi", et non
pas *ni* "moi" ou "me". Il devrait savoir d' ailleurs que *t* représente tantôt le sujet, comme dans *det* "je l'ai", et tantôt le
régime indirect, comme dans *dit* "il me l'a".

Note 73. "J' incline à penser que, dans les formes attributives,
zki doit être analysé, *z* signe de pluralité du régime et *ki* signe du
datif".

Quant à nous, nous inclinons à penser que, dans *dizkit* "il me
les a", *ki* fait partie du régime direct pluriel *zki*, et que *t* suffit
tout seul comme dans *dit*, à indiquer le régime indirect. En effet,
on ne dit pas *dikit*, comme cela cependant devrait être, si *ki* était
selon l' hypothèse gratuite de M. Vinson, le signe du datif. Dans
datorkio "il lui vient", nous ne saurions voir que *dator* plus *kio*,

et dans ce dernier, qu' une syllabe exprimant le régime indirect, analogue au biscaïen *tso* ou *tsa* dans *deutso* ou *deutsa* " il le lui a". (*Voyez* la p. xi de notre "Verbe".)   Quant au sens de la syllabe *cki*, M. Ribáry est dans le vrai, selon nous.

Note 74. "*O* ne peut être un reste de *oni* datif, car les suffixes déclinatifs n' entrent pas dans le verbe".

Nous pensons que *o* et *ko*, comme nous l'avons déjà dit à la p. xi de notre "Verbe", ne sont que l'abréviation de *oni* et de *koni* "à celui-ci", et nous voyons avec plaisir que M. Ribáry est de cette opinion.   Quant à la raison qui s'opposerait, d'après M. Vinson, à cette manière de voir, nous lui ferons observer que *o* n' est pas un suffixe déclinatif de *au* "celui-ci", et que dans *oni*, le suffixe est seulement l' *i* final, qui est précisément la partie de *oni* qui n' entre pas dans le verbe et dont M. Vinson parait avoir si peur.

Note 75. "Ce qui prouve encore une fois que les suffixes n' entrent pas dans la dérivation verbale.   L' incorporation n'admet pas *guri*, mais *gu*".

Nous répondons que de même que *t* représente tantôt *ni* et tantôt *niri*, de même *gu* représente, dans les terminatifs verbaux, tantôt "nous" ou "nos" sujet, comme dans *degu* "nous l'avons"; et tantôt "à nous" ou "nobis", comme dans *digu* "il nous l'a".   Lorsque *ni* et *gu* représentent le régime indirect, ils doivent être considérés comme des abréviations de *niri* et de *guri*, ni plus ni moins que *o* et *ko* sont des abréviations de *oni* et de *koni* "à celui-ci".

Note 78. *Zarez* hypothétique aurait été, non pas le pluriel de *zare* "tu es" ou "vous êtes" singulier, mais le synonyme pléonastique; tandis que *zizte* "vous êtes" est le pluriel du dit synonyme pléonastique supposé par M. Vinson.   Quant à *zarete*, synonyme de *zizte*, c' est le pluriel non pléonastique de *zare*.

Note 80. Il est assez indifférent que l' on conjugue *diot, diok, dion, dio, diogu, diozu, diozute, diote,* plutôt que *diot, diozu, diok, dion, dio, diogu, diozute, diote* " je le lui ai", etc., mais ce qui n' est pas indifférent au point de vue du côté sérieux de la science, c' est l' importance que M. Vinson attache puérilement à une pareille vétille.   Si dans le premier cas on a l' avantage de ne pas réunir ce qui est singulier avec ce qui est pluriel quant à la forme, de l'autre on a le double avantage de ne pas réunir ce qui est singulier quant au sens avec ce qui est pluriel, et de ne pas rompre sans nécessité avec de vieilles habitudes. Quant à *diozute* qui, d'après M. Vinson, corresponderait à "habetis eo", si cet expression était possible, nous lui ferons observer que cette impossibilité nous la voyons seulement dans l'emploi de l'ablatif *eo* qu'il prend pour le datif *ei ! ! !*

Note 82. "M. Ribáry écrit *habebam*; le sens exact est *je l'avais*".

M. Ribáry n'est pas plus coupable en écrivant *habebam*, au lieu de *habebam id*, que ne l'est M. Vinson en traduisant, à la note 61, *ukhen dut* "je l'ai eu," par "j'ai eu".

Note 83. "L'imparfait diffère du présent par une nasalisation du radical. La formation des temps secondaires, me semble montrer que *n* final n'est pas primitif".

Cette nasalisation est loin d'être générale. C'est ainsi qu'elle n'a jamais lieu, dans n'importe quel dialecte, à la troisième personne, puisqu'elle n'existe ni en *zan*, ni en *zen*, ni en *ze* "il était"; ni en *ziran*, ni en *zirian*, ni en *siren*, ni en *zere* "ils étaient". A la première personne, elle peut ou ne peut avoir lieu, selon les dialectes. Elle a lieu en *nintzan* et en *nintzen* "j'étais", de même qu'en *giñan*, en *gintzan*, en *ginen*, en *gina* "nous étions", mais elle ne s'observe ni dans leurs synonymes dialectaux *nitza*, *nitzen*, ni dans *gitazken*, synonyme de *gintazken* "nous pouvions". La seconde personne elle-même peut ne pas offrir de nasalisation. En effet, *itza* "tu étais", *hitain* "que tu fusses" et *zitazken* "tu pouvais" ou "vous pouviez" singulier, sont des synonymes parfaits de *intzan*, de *hindadien* et de *zintazken*. Quant à la non primordialité du *n* final du passé, à moins qu'il ne s'agisse de la forme relative ou du subjonctif qui, en basque, n'existe que sous cette forme, nous croyons l'avoir démontrée avant qui que ce soit. Ce n'est pas toutefois dans la formation des temps secondaires dont parle M. Vinson que nous en voyons la preuve, mais uniquement dans l'existence des terminatifs du haut-navarrais méridional et de l'aezcoan : *zue*, *zuke*, *zezake*, *ze*, *zaiteke*, *zaike*, *zitzayo* ou *zekio*, *zitzayoke*, *zekioke*, etc., employés au lieu de *zuen*, *zuken*, *zezaken*, *zen*, *zaiteken*, *zaiken*, *zitzayon* ou *zekion*, *zitzayoken*, *zekioken*, dans le sens de "il l'avait, il l'aurait eu, il le pouvait, il était, il aurait été, il pouvait, il lui était, il lui aurait été, il lui pouvait". En effet, l'étude de la conjugaison de l'ancien labourdin nous a convaincu que *lu, leza, legi, liro, liz, ledi, lekio*, sont les vraies bases de *balu*, de *baleza*; de *balegi*; de *baliro*; de *baliz*, de *baledi*; de *balekio* "s'il l'avait, s'il le faisait, s'il le pouvait, s'il était, s'il lui était", tout aussi bien que des terminatifs exprimant si souvent, en ancien labourdin, le passé du subjonctif, tels que *luen, lezan; legian; lizen, ledin; lekion* "qu'il l'eût, qu'il le fît, qu'il fût, qu'il lui fût." C'est là la manière la plus rationnelle d'expliquer le *l* de tous ces terminatifs.

Note 84. "C'est dans le *en* de la première syllabe que doit être cherchée, selon moi, la caractéristique de l'imparfait".

Ce n'est pas dans le *en* de la première syllabe, répondons-nous à M. Vinson, que doit être cherchée la caractéristique de l'imparfait du transitif, mais dans la préfixation des lettres qui représentent le sujet pronominal à la première et à la deuxième personne. En effet, les terminatifs du biscaïen de Salinas *zeban* et *geban* "tu l'avais" et "nous l'avions", ne présentent pas de *en*, quoiqu'ils n'en soient pas moins pour cela les synonymes de *zenduen* et de *genduen*. A la troisième personne, au contraire, l'imparfait se distingue du présent, non pas par le sujet qui n'est pas représenté, mais par le manque du *d* initial. Ce *d*, d'après nous, n'est qu'une permutation du *g* du démonstratif *gau* "celui-ci"; de sorte que nous voyons, au présent, le démonstratif *au* ou l'une de ses variantes, et à l'imparfait, une variante de *gau*, synonyme de *au*. Quant aux terminatifs qui, comme *drauka* "il le lui a" de l'ancien labourdin, présentent un *r*, nous attribuons cette consonne à *aur*, autre synonyme de *au*, qui se permute en *rau* dans *drauka*, comme *er* de "personne" se permute en *re* dans *presuna*. Le démonstratif est donc, selon nous, la base des terminatifs transitifs que nous appelons "purs", et nous considérons cette hypothèse comme la seule qui explique pourquoi, en basque, le régime direct est toujours nécessairement exprimé au transitif.

Note 86. "*Eza* pour le prince Bonaparte n'est autre que *iz* (être) conjugué activement".

Que *iza* dans *dezan* "qu'il l'ait", remplisse le même rôle que *egi* dans *dagian* "qu'il le fasse", ou *erra* dans *darran* "qu'il le dit" et "qu'il le dise", est tellement évident, que cela ne saurait pas plus être une opinion que "deux et deux font quatre". Ceux qui croiraient le contraire, n'auraient donc pas une opinion différente, car il n'y a pas d'opinion qui tienne dans ce qui est *self-evident*, comme dirait un Anglais, mais il nierait tout simplement ce qui est clair comme le jour. En effet, ne remarque-t-on pas en *dezan* le changement de la voyelle initiale de *izan* "eu", comme on le remarque en *dagian* et en *darran* dont la dérivation de *egin* "fait" et de *erran* "dit" n'a jamais été contestée par personne ?

"A la p. 47, j'ai traduit *izan nuen* par (j'eus eu) et *izan nintzan* par (j'eus été). Mais M. Ribáry avait mis *je l'eus, je fus*".

M. Ribáry a eu parfaitement raison de ne pas traduire *izan nuen* et *izan nintzan* par "j'eus eu" et "j'eus été", comme l'a fait M. Vinson qui, en traduisant par "j'eus eu" au lieu de "je l'eus eu", tombe (voilà déjà trois fois) dans la même faute qu'il a reprochée si impitoyablement à M. Ribáry. Celui-ci pourrait donc la lui reprocher à son tour, puisqu'il n'a pas oublié, d'après M. Vinson, d'exprimer le régime direct. La vérité est que *izan nuen* et *izan nintzan*, quoiqu'ils ne puissent être rendus analytiquement que par "je l'avais eu" et "j'avais été", expriment tout aussi bien ces derniers que "je l'eus" et "je fus" on, en d'autres termes, ils peuvent être rendus tout aussi bien par le plus-que-parfait que par le prétérit défini du français. Quant au prétérit antérieur "je l'eus eu" et "j'eus été", c'est par *izan izan nuen* et *izan izan nintzan* qu'on doit les rendre en basque, et non pas, comme dit M. Vinson, par *izan nuen* et izan *nintzan*.

Note 87. "Pour le *b* initial des impératifs, on a proposé une origine plus admissible ; ce *b* serait le représentant du pronom réfléchi *bera* "soi-même".

Bera n'est pas "soi-même", mais "le même", employé en guipuscoan aussi pour "il". C'est le défini de *ber* "même" et aussi "soi". Quant à "soi-même", il s'exprime par *bere burua*, analytiquement "soi-de-tête-la". L'explication que nous proposons comme la plus admissible, est celle qui consiste à considérer le *b* initial des impératifs comme appartenant au *ba* affirmatif, en usage dans plusieurs dialectes, et synonyme de *bai* "oui" ; de sorte que nous sommes disposé à ne voir en *beza* "qu'il l'ait" qu'une abréviation de *badeza* dans le sens de "oui qu'il l'ait", ou "ya lo tenga", en espagnol. Le dialecte biscaïen offre souvent la suppression de *ad* précédé de *b* dans les terminatifs commençant par *ba* dubitatif "si", tels que *bodaz* pour *badodaz* "si je les ai", *bozak* pour *badozak* "si tu les as", etc.   Il nous paraît en être de même de *beza* par rapport à *badeza*.

Note 90. "Pas du tout ; cette syllabe constitue le signe caractéristique du conjonctif, puisqu'il suffit de la joindre à une forme quelconque de l'indicatif, pour lui donner l'idée conjonctive ; p. e. *darrat* (je le dis) et *zer naki duçu darradan* (que voulez-vous que je dise ?)."

Pas du tout ; dirons-nous, à notre tour à M. Vinson, car le *n* final, en basque, n'est pas plus nécessairement subjonctif que le "que" français ne régit nécessairement ce mode.   Le fait est que le subjonctif n'a pas de forme particulière en basque, excepté dans le labourdin ancien, où il est caractérisé par un *l* initial, et seulement à la troisième personne de l'imparfait.   Les noms verbisés à base de *iza*, de *egi*, de *adi* et de *ki* expriment, à vrai dire, le sens du subjonctif, mais leur forme est identique à celle de l'indicatif. Quant aux terminatifs commençant par *l*, le basque moderne ne les distingue plus, quant au sens, de ceux qui n'offrent pas cette consonne initiale.   C'est ainsi que *lezan* et *zezan* "qu'il l'eût" sont parfaitement synonymes en souletin.   En labourdin ancien, au contraire, *zezan* est indicatif comme *zuen*.   Quant à leur emploi, voyez ce que nous en disons dans nos "Remarques" sur l'ouvrage de M. Hovelacque.   En résumé, *darran* "qu'il le dit", quoique pouvant être aussi rendu en français par "qu'il le dise", selon les exigences du verbe régissant, n'en est pas moins, en basque, un véritable indicatif à forme relative.   L'usage des temps n'étant pas toujours le même dans deux langues différentes, cela explique pourquoi le basque exprime la phrase française "que voulez-vous que je dise ?" par "que voulez-vous que je dis ?", qui seule représente analytiquement *zer naki duçu derradan ?*, cité par M. Vinson.   Une différence analogue dans l'usage des modes, nous est offerte, entre autres, par le français et l'espagnol.   Personne, en effet, ne s'avisera de dire que "j'étais" dans "si j'étais" appartient au subjonctif en français, parce que *fuese* dans *si yo fuese* est subjonctif en espagnol.

Note 92. "J'ai déjà dit que c'est dans cette nasalisation qu'il convient de chercher la caractéristique de l'imparfait".

Voyez, à la Note 83, ce que nous pensons de cette nasalisation.

Note 93. "Ne pas oublier le sens de *det*, etc. : *jango det* veut dire *je l' ai à* ou *pour manger*".

Nous répétons que *jango det* ne peut se rendre analytiquement que par "je l' ai de mangé", ce qui exprime "je l' ai à manger" ou "je le mangerai", mais non pas "je l' ai pour manger". Le *he de comer* espagnol, présente dans la préposition *de* une traduction plus exacte que le "à" du français.

Note 95. "Ce sont ces *etza* pour $eza + z$ qui montrent que l' *a* est adventice et que le radical est en *z*".

Le *a* peut être ou ne pas être considéré comme rédondant, selon que l' on admet ou que l' on n' admet pas que *bez* est le primitif de *beza*, et non pas l' abréviation. Quant à *betza*, il n' est pas le synonyme de *beza* "qu' il l' ait", mais de *bætza* "qu' il les ait". Le premier est labourdin ou souletin, et le dernier, guipuscoan. Dans ceux-là, le régime direct pluriel est indiqué par la permutation du son simple *z* en *tz*, autre son simple : mais, en guipuscoan, il y a en outre permutation de *e* en *i*.

Note 96. "Les finales *an*, *en* sont essentiellement conjonctives".

Les finales *an*, *en*, nous ne saurions assez le répéter à M. Vinson, ne sont pas essentiellement conjonctives, quoique le subjonctif, en basque, ne puisse avoir lieu que sous la forme relative. Dans *ikusi czak non dan* "vois où il est", *dan* n' est pas au subjonctif (conjonctif de M. Vinson), mais à l' indicatif de forme relative, tandis que dans *nai det etorri dedin* "je veux qu' il vienne", *dedin* est au subjonctif, mode nécessairement relatif en basque.

Note 97. "La marque du pluriel n' est pas *t*, mais *z*. C' est une loi générale de la phonétique basque que $z + z = tz$; ainsi de *ez* (non) et *zen* (il était), on fait *etzen* (il n' était pas)".

C' est encore M. Ribáry qui a parfaitement raison ici contre M. Vinson. Le *t* en *ditzan* "qu' il les ait", est bien le signe du pluriel avec l' *i*, comme en *ditu* "il les a", qui n' est pas *dizu* ; et ce *t*, s' unissant au *z* de *dezan* "qu' il l' ait", donne lieu à *tz*, son simple que M. Ribáry exprime par *c*, à la hongroise. Quant au *t* de *etzen*, M. Vinson se trompe de la manière la plus étrange en comparant la permutation du *z* de *zen* en *tz*, due à la forme négative *etzen* (permutation qui a lieu aussi à la forme causative *baitzen* "parce qu' il était" et où les deux *zz* sont tout à fait hors de question), avec le *tz* de *ditzan* qui ne dérive pas d'une permutation du *z* en *tz*, mais simplement de l'addition du *t* au *z* de la base *iza* contenue dans *dezan*. En résumant, dans *baitzen*, forme causative de *zen*, il y a permutation de *z* en *tz*, exigée par le *bai* causatif; en *etzen*, forme négative de *zen*, il y a en outre suppression du *z* de *ez*, analogue à celle qui a lieu en *elüke* souletin, pour *ez lüke* "il ne l'aurait pas". Cette forme négative, au reste, est loin d'être obligatoire en guipuscoan et en biscaïen. Quant à la loi générale de la phonétique basque dont parle M. Vinson, qui exigerait que $z+z$ se transforme en *tz*, elle ne présente qu'un petit inconvénient, qui est celui de ne pas exister. En effet, l'observation de cette loi imaginaire, non seulement ne se remarque ni en *ditzan*, ni en *baitzen*, ni en *etzen*, comme nous venons de le prouver, mais elle n'a lieu non plus dans les autres circonstances. C'est ainsi que l'on dit *ez zabaldu*, et non pas *etzabaldu* "ne l'ouvre pas" ou "ne l'ouvrez pas"; *haz zazu*, et non pas *hatzazu* "nourris-le", etc., etc.

Note 98. "*Dezadan* et *nadin* ne sont conjonctifs qu'à cause de l'*n* qui les termine".

Dezadan "que je l'aie" et *nadin* "que je sois", disons-nous, sont des formes relatives de *dezat* et de *nadi* hypothétiques, car ces deux bases verbisées ne sauraient exister sans qu'elles soient précédées d'un affixe ou suivies d'un suffixe, comme dans *dezadan*, *dezadala*, "que je l'aie"; *badezat* "si je l'ai" et, en souletin, "si je le puis", etc. Cela n'empêche pas toutefois que *dezadan* et *nadin* ne soient par eux-mêmes subjonctifs quant au sens, quoique formés à la manière de l'indicatif. En effet, tandis que *ikusi dek nor naizen* signifie "tu le vois qui je suis", *nai dek izan nadin* exprime "tu le veux que je sois". Il faut donc bien reconnaître que le basque possède des radicaux exceptionnels qu'il consacre au subjonctif. Ces radicaux sont *izan* transitif, *egin*, *adi* et *ki*, tel qu'il se trouve en *egoki* "appartenu". Quant à *iraun* "duré, enduré", il peut servir aussi bien que *izan* transitif, *egin*, *adi* et *ki*, à exprimer le potentiel : *diro*, *diroke*, *dezake*, *dai*, *daike* "il le peut, il le pourra"; *daite*, *daiteke* "il peut, il pourra"; *dakioke*, *ditakio* ou *dakidio* "il lui peut, il lui pourra", etc. (*Voyez* ce que nous disons à la fin de la Note 4 du dixième tableau supplémentaire, à la deuxième partie de notre "Verbe".)

Note 99. "*Nitzan* est *n-i-t-z-a-n* (je—aux.—plur. du rég.—euph.
—conj.) et *nituen*, *a-i-t-u-e-n* (je—avoir—plur. du rég.—redoubl.—
euph.—conj.)"

Tâchons de rétablir la vérité au milieu de ces assertions on ne
peut plus erronées. En *nitzan*, le *n* initial représente le sujet de
première personne du singulier ; *itz*, le radical combiné à *t*, signe
de pluralité du régime, outre la permutation de *e* en *i* ; *a*, la voyelle
euphonique ; *n*, la forme relative, nécessaire à tout subjonctif basque,
car *nitzan* signifie "que je l'eusse". En labourdin ancien, *nitzan*
servait aussi à former le temps composé exprimant le prétérit défini
du français, car *erran nitzan* ne signifiait pas seulement "que je
les disse", mais aussi "je les dis" ou "dixi". (*Voyez* nos "Remarques" sur l'ouvage de M. Hovelacque, où nous avons examiné
en détail les temps usités par Liçarrague.) Quant à la prétendue
dérivation du *tz* de *nitzan* de deux *zz*, nous en avons prouvé l'impossibilité à la Note 97. En *nituen* "je les avais", il nous est
impossible de comprendre ce que M. Vinson entend par redoublement. Si c'est un redoublement du radical, il est complétement
dans l'erreur, car l'*i* de *it* n'étant pas le radical, mais la première
lettre de cette syllabe signe de pluralité, *u* ne saurait être que le
radical lui-même, non pas répété pléonastiquement, mais essentiel
à *nituen*, comme il l'est à *nuen*.

Note 101. "Les formes du verbe *être* sont parfois très-réfrac-
taires à l'analyse, mais il n'est pas exact que le radical *za* s'y
reconnaisse partout. Cette syllabe, qui se présente d'ailleurs
très-fréquemment, résulte de la combinaison phonétique de divers
éléments".

Les formes qui correspondent au verbe "être", sont : 1º. celles
qui renferment, à l'intransitif, *iz*, *itz*, *iatz*, *iza*, *itza*, *iutza*, *za*, *tza*,
soit telles qu'on les trouve en *izan* "été" et en *itz* "verbum", soit
présentant en outre un *n* rédondant ; 2º. celles qui renferment *adi*,
di, *ai*, ou toute autre variante de *adi* ; 3º. celles qui renferment *ki*,
tel qu'il se trouve en *egoki* "appartenu". Nous avons donné, à
la p. xxxii de notre "Verbe", le tableau des types montrant quelles
sont les formes qui, correspondant au verbe "être", renferment *za*,
et quelles sont celles qui, correspondant au verbe "être", ne renferment pas *za*. Quant à *zera*, *zare*, etc. "tu es" ; *da* "il est" ; *gara*
"nous sommes" ; *dira* "ils sont" ; *ziñan* "tu étais" ; *giñan* "nous

étions"; *ziran* "ils étaient", etc., quoique le *za* n'y soit plus reconnaissable, nous croyons avoir démontré, dans notre "Verbe", qu'ils se déduisent tous très-logiquement d'autres formes contenant cette syllabe, pourvu que l'on ait recours, lorsque cela est nécessaire, à certaines variétés dialectales que nous avons fait connaître. Quant aux syllabes *za*, *tza*, elles ont pour base le *tz*, celui-là même qui se retrouve dans le mot *itz* "mot, parole, verbum", synonyme du biscaïen "berba".

Note 103. "Je suis disposé à voir dans *ki* le signe du datif".

Nous ne sommes pas de l'avis de M. Vinson. (*Voyez* ce que nous disons à la Note 73.)

Note 104. "Dans *gatoz*, il n'y a proprement pas changement de *r* en *z*, mais réduction à *z* de la syllabe *rz* formée par l'addition au radical *ator* du signe pléonastique *z* de pluralité".

Dans *gatoz* "nous venons", il n'y a pas plus de réduction que de changement, mais tout simplement retranchement de *r*.

Note 106. "Les observations déjà faites montrent que *ki*, loin d'être le signe du mode, est probablement la marque du datif. Il ne faut pas assimiler non plus ce suffixe à la terminative *ke* qui est essentiellement aoristique".

Dans *zatzakidan* "que tu me sois", le radical indique bien le subjonctif, comme le dit avec raison M. Ribáry, puisque *zatzait*, qui ne présente pas cette syllabe, exprime l'indicatif "tu m'es". Quant à *ke*, que nous ne trouvons pas du tout aoristique, (on dirait que M. Vinson n'a pas une idée bien claire de l'aoriste, temps essentiellement passé), il sert à indiquer soit le futur, soit le conditionnel; et, quoiqu'il ne faille pas le confondre avec le *ki*, tel qu'il se trouve en *egoki*, servant à exprimer le subjonctif—confusion qui n'a été faite ni par M. Ribáry ni par d'autres—il n'en est pas moins vrai qu'il se permute en *ki* dans tout dialecte ayant pour règle le changement de *e* en *i* devant certaines voyelles. C'est ainsi qu'en bas-navarrais oriental *zer litzakio?* "que lui serait-il?" est bien pour *zer litzakeo?* En d'autres circonstances, *ki* a le sens de *kin* "avec", de sorte que l'on pourrait admettre que le premier signifie "compagnie" et le dernier "en compagnie". D'après cette manière de voir, que nous considérons comme très-rationnelle, *aitarekin* "avec le père", se rendrait analytiquement par *aita-r-e-ki-n* "père le —lettre euphonique—de—compagnie—en"; *aitareki*, par *aita-r-e-ki* "père le—*lettre euphonique*—de—compagnie"; *eztiki* "doucement", par *ezti-ki* "doux—compagnie *ou* avec"; *izaki*, comme dans *hark izaki eta nik ere bai* "il l'a et moi aussi", par *iza-ki* "en—compagnie" ou "en—avec"; *egoki* "appartenu", par *egon* "été" ou "estado" espagnol, plus *ki*, comme qui dirait "avec été" ou "con estado", ou bien "été—compagnie". *Ki* serait donc un véritable substantif comme *baitha*. C'est à cause de cela que nous ne considérons pas *ki* comme un suffixe casuel et que nous voyons en *kin* et en *baithan ki* et *baitha* suivis du suffixe inessif *n*. Quant au *ki* de *zatzakidan*, etc., quoiqu' il y ait perdu le sens de "avec" que nous voyons en *egoki*, pour ne plus représenter que le subjonctif, nous n'y saurions voir non plus le signe du datif qui appartient uniquement au *d*, dérivé du *t*; car, s'il en était autrement, on ne verrait pas pourquoi, comme nous l'avons déjà remarqué au commencement de cette note, *zatzait* indicatif ne présenterait pas aussi ce prétendu datif de M. Vinson, *ki*. Nous rappelerons, à ce sujet, que *egon* "été" ou "estado" et *egoki* "appartenu" se confondent souvent en guipuscoan, de sorte que *zegokion* signifie en même temps "il lui était" ou "le estaba" espagnol, et "il lui appartenait". Cependant nous admettons maintenant que le *kio* de *zegokion* "le estaba" n'est autre qu'une variante de *ko* représentant le datif et analogue au *tzo* biscaïen, tandis que le *kio* de *zegokion* "il lui appartenait" n'est que le *ki* de *egoki* suivi de *o* synonyme de *ko*, comme *oni* "à celui-ci" l'est de *koni*.

Note 107. "La plupart des grammairiens basques, uniquement préoccupés de la conjugaison périphrastique, méconnaissent le rôle conjonctif du *n* et en font, ainsi que de *la*, une forme dérivée. M. Inchauspe appelle, par exemple, *dut*, *det* (la forme capitale), *dudala* (la forme régie positive) et *dudan* (la forme régie exquisitive)".

Le nom que l'on donne aux formes verbales importe peu, mais M. Vinson ne saurait nier, avec raison, que *dudan* soit la forme relative (exquisitive de M. Inchauspe) dérivée sans conteste de *dut* "je l'ai" indicatif, signifiant "que je l'ai" (non pas "que je l'aie"), et n'ayant rien de commun avec le subjonctif qu'il aime à appeler "conjonctif". La préoccupation de la conjugaison périphrastique n'a rien à voir dans cette question qui, telle que M. Vinson l'entend, a non seulement contre elle l'opinion de tous les grammairiens basques, mais aussi tout ce qu'il y a de plus évident en fait de grammaire linguistique.

Note 108. "*Litzake*, de même que *balitz* (s'il était), est une des formes qui montrent : 1°. que le *n* final n'est pas essentiel à l'imparfait ; 2°. que la troisième pers. sing. actuelle *zan*, *zen* (suivant les dialectes) *il était* est tronquée de *liz* ou *litz*. *Litzake* doit être analysé *l-itz-a-ke* (il—être—euph.—signe aorist. du conditionnel)".

Que le *n* final ne soit essentiel à l'imparfait, c'est ce que nous avons annoncé, comme au reste M. Vinson le sait bien, longtemps avant lui. Quant à l'existence de *liz* ou de *litz* et du tronquement en *zan* ou en *zen*, M. Vinson n'a qu'à lire ce que nous avons dit, à la p. 160 de notre "Verbe", au sujet de *ditzate*, de *zitzate* et de *zitzaten*. Il n'a donc fait que citer au singulier les exemples que nous avons donnés au pluriel. C'est là une manière assez commode d'emprunter aux autres leurs idées ! *Litzake* "il serait" doit être analysé, selon nous, *l-itz-a-ke* "lettre rédondante—radical—voyelle euphonique—signe du conditionnel". Que le *z* et le *l* de la troisième personne des temps passés et conditionnels soient rédondants, en tant du moins qu'ils n'expriment pas le sujet, c'est ce qui est amplement prouvé par le biscaïen qui supprime très-souvent ces consonnes initiales. Le sujet est toujours supposé être de troisième personne lorsqu'il n'est ni de première, ni de seconde.

Note 109. "Je crois utile de faire connaître ici une particularité curieuse de l'*eskuara*. Un certain nombre de verbes, neutres en français, sont actifs en basque ou du moins se conjuguent sur le paradigme du verbe actif. C'est du reste un point à examiner".

Nous ne pensons pas qu'il y ait lieu à examen. C'est là un fait très-ordinaire qu'il faut tout simplement accepter, d'autant plus qu'il se présente non seulement en basque, langue appartenant à une toute autre classe que le français, mais aussi dans les langues flexives et dans celles d'une même famille, ou dans les dialectes d'une même langue. M. Vinson n'a qu'à apprendre que les verbes neutres se conjuguant avec "être" en français se conjuguent en espagnol avec *haber* "avoir" et en portugais avec *ter* "tenir" ; que certains verbes italiens se conjuguent avec *essere* “être”, tandis qu’ ils exigent “ avoir ” en français ; qu’il en est de même de plusieurs autres langues ; que les dialectes basques eux-mêmes présentent des différences sous ce rapport.　En effet, “ il est tombé ” se rend en espagnol par *ha caído*, et non pas par *es caído* ; en portugais par *tem cahido*, et non pas par *é cahido*, quoique l’italien suive le français en se servant de *è caduto*, et non pas de *ha caduto*, tout en refusant de le suivre dans *è stato* “ il a été ”, qu’ il ne traduit pas par *ha stato* à l’imitation de *ha sido* et de *tem sido* de l’espagnol et du portugais qui, à leur tour, ne diraient pour rien au monde *es sido* ou *é sido*, à l’italienne.　De même, en anglais, nous avons *he has been* “ il a été ”, et non pas *he is been* “ il est été ” comme l’allemand *er ist gewesen*, qui ne saurait dire *er hat gewesen*.　Plusieurs exemples pourraient être fournis par les dialectes basques comparés entre eux, mais nous nous contenterons de citer le nom verbal *urten* “ sorti ” qui donne lieu à *urtengo dau* “ il le sortira ”, et non pas à *urtengo da* “ il sortira ”, comme cela a lieu en guipuscoan, qui dira *irtengo* ou *aterako da*, de même que le labourdin emploiera *atherako da*, et le souletin *elkhiren da*.　Quant à *iraun*, le sens qu’ il peut avoir de “ endurer ” tout aussi bien que de “ durer ”, fait que ce nom verbal ne devrait pas faire partie de la liste donnée par M. Vinson : *deritzat, dirudit, dariot, dirakit, diraut* “ il me paraît ” ou “ je m’appelle, je ressemble, je me répands, je bous, je dure ” ou “ j’endure ”.

Note 110, 111 et 113. “ *Oi*, lab. *ohi*, veut dire *coutume*, et c’est un tort que de l’écrire uni au verbe comme l’a fait Larramendi : *oi naiz* veut dire (je suis accoutumé à) et *oi det* (j’ai coutume de) ”.

Ce reproche qu’ un simple amateur de l’euskara se permet contre le P. Larramendi, sans qui le basque n’aurait peut-être pas encore de grammaire, est tout simplement ridicule.　Nous demanderons à M. Vinson, si l’orthographe basque était assez fixée du temps de ce brave et digne grammairien pour qu’ on lui fasse un crime de ne pas avoir séparé *oi* de *det* ou de *naiz*.　Nous ferons aussi observer, à ce sujet, que Larramendi, dans son dictionnaire, au verbe *soler*, sépare parfaitement bien *oi* de *det*, et qu’ ailleurs l’union de ces deux mots n’ est pas très-complète, puisqu’ ils sont séparés par un tiret.　En tout cas, pourquoi M. Vinson exige-t-il du basque ce qu’ il n’ exige pas du français qui, en 1877, offre souvent au lecteur deux tirets dans "c'est-à-dire"? Cela s'applique aussi à *al det* "je l'ai pouvoir", à *al badet* "si je l'ai pouvoir" et à *nai det* "je l'ai volonté", que Larramendi, dans sa grande ignorance de sa langue maternelle—espèce d'ignorance que nous serions toutefois très-heureux d'échanger avec le peu que nous connaissons en fait d'euskara—se permet d'écrire, *horribile dictu!*, en un seul mot. Voilà bien ce qui s'appelle en italien "trovare il pel nell'uovo".

Note 112. Pour que l'on puisse bien comprendre notre explication de *ezin* par *ez egin*, reproduite par M. Vinson, nous rappelerons que *egin*, "fait" a pour synonymes dialectaux *ein* et *in*. C'est l'existence de ce dernier qui nous a fait regarder comme possible l'explication de *ezin* "ne pas pu" par *ez in*.

Note 115. "Je ne puis qu'approuver ce jugement. Toutefois, Larramendi qui écrivait en 1729 est beaucoup plus excusable que les auteurs contemporains".

Le jugement que M. Vinson approuve, n'est nullement celui de M. Ribáry, quoique ce dernier, à la p. 83, s'exprime ainsi : "Les grammairiens se sont bornés à exposer sèchement les règles grammaticales et la conjugaison, sans essayer une recherche analytique des affixes et sans déduire de l'organisme régulier de la langue les règles générales, aussi peut-on dire qu'ils n'ont en aucune façon étudié le basque par des procédés véritablement linguistiques". Or, lorsque M. Ribáry écrivait ces lignes, il ne pouvait avoir aucune connaissance de notre "Verbe", et il ne devait en avoir non plus aucune, quoiqu'il eût pu, des ouvrages de Zavala et d'Inchauspe ; car ces auteurs ne se sont certainement pas bornés à exposer sèchement les règles, mais ils ont en outre plus qu'essayé une recherche analytique du verbe, comme cela est évident pour quiconque connait assez le basque pour profiter de la lecture de leurs ouvrages. En est-il de même de M. Vinson? Il sait bien que non, car il a mis à contribution une grande partie de ce que Zavala, Inchauspe et moi avons dit sur le verbe, et l'on peut affirmer sans crainte que ce qui ne se trouve pas dans les dits ouvrages et qui est exclusivement de sa farine, est le plus souvent déplorablement erroné et incapable de résister au plus léger examen de quiconque connait linguistiquement le basque. Il n'y a donc rien de commun entre le jugement de M. Ribáry qui ne connaissait pas ces ouvrages, et celui de M. Vinson les ayant constamment sous les yeux. Mais, comme tout ce que nous venons de dire prouve que M. Vinson est seul responsable du jugement sur les ouvrages contemporains dont le notre fait partie, nous lui dirons, sans détour, que ces opinions nous importent fort peu, car il y en a d'autres d'auteurs basques et non basques* qui nous dédommagent amplement des siennes.

Note 116. "Ce n'est donc véritablement qu'un gérondif en *da*. Le suffixe *ik* est le partitif général (voy. note 30) et *bildurik* n'est pas autrement formé que *ogirik*".

La comparaison du génitif latin n'est pas heureuse. *Bildurik* "ayant réuni", en basque, n'est pas un gérondif, mais un adjectif verbal suivi du suffixe infinitif (partitif de M. Vinson). *Bildurik*, en un mot, n'appartient pas au verbe, comme le gérondif latin.

Note 117. "J'ai déjà fait remarquer que *la* correspond au *que* positif et nullement au *que* conjonctif".

Nous faisons remarquer, à notre tour, que ni *la* ni *n* finals forment, par eux-mêmes, le subjonctif (conjonctif de M. Vinson). L'indicatif, tout aussi bien que le subjonctif, est susceptible de prendre *n* ou *la*. Dans le premier cas, on a la forme verbale que nous appelons "relative", que M. Inchauspe appelle "exquisitive", et que M. Vinson considère à tort comme le caractère du subjonctif; dans le second cas, on a la forme verbale que nous appelons "conjonctive", et que M. Inchauspe appelle "positive". Pour nous, "conjonctif" n'est pas synonyme de "subjonctif" comme pour M. Vinson, car nous appliquons le premier à une forme verbale, et le second à un mode. Dans les exemples suivants, nous avons des indicatifs et des subjonctifs en *n* et en *la*: *jaten degun orduan* "quand nous le mangeons" (indicatif); *eman digu jan dezagun* "il nous l'a donné afin que nous le mangions" (sub-

---

* Voilà ce qu'a bien voulu dire, à propos de notre "Verbe", M. A. H. Sayce, un des linguistes les plus distingués de l'Angleterre, qui, n'étant pas basque, n'en aura pour cela qu'encore plus d'autorité pour M. Vinson, puisque les qualités de basque et de linguiste sont incompatibles, d'après son inappellable décision: "*His magnificent work on the Basque verb has, it may be said, created the scientific philology of the language.*" (*Voyez* le numéro du 8 Mars 1877 du journal anglais "Nature".)

jonctif) ; *adita du etorriko gerala* " il l'a entendu que nous viendrons" (indicatif) ; *esan didate jan dezagula* " ils nous l'ont dit que nous le mangions" (subjonctif).

Note 119. Quant à la nature du dialecte basque de la traduction du Nouveau Testament par Liçarrague, voyez ce que nous en disons dans nos " Remarques " sur l'ouvrage de M. Hovelacque.

Note 121 bis. " *Etarik* ne doit pas être confondu avec *hetarik* (d'eux) ".

Cela dépend des dialectes, car il est bien certain que *etarik* est l'équivalent de *hetarik* en plusieurs variétés du navarrais d'Espagne.

Note 123. " J'estime que *or* est pour *ori*, *hori*, pronom. dém. comme *a*. *Gazten-or* (des jeunes-ce) pour *gazten-a* (des jeunes-ce . . . là)".

Or représente *haur*, synonyme de *hau*, et non pas *hori*, qui serait représenté par *ori*. *Seme gaztenor*, en effet, correspond ici, non seulement quant à la forme, mais aussi quant au sens, à *seme gazten haur* "ce fils plus jeune" ou " este hijo mas jóven", puisqu'il s'agit du fils dont le narrateur vient de parler. Si, au contraire, celui-ci parlait d'un fils dont celui qui écoute la narration aurait fait mention, il faudrait dire *seme gazten hori* ou *gaztenori* " ce fils le plus jeune" ou "ese hijo mas jóven". La belle distinction entre *haur* (*este* espagnol, *questo* italien) et *hori* (*ese* espagnol, *cotesto* italien) n'existe pas en français. (*Voyez* ce que nous disons de *gazia*, de *gazior*, de *gaziori*, etc. dans nos " Remarques " sur l'ouvrage de M. Hovelacque). Quant à l'*a* de *gaztena*, c'est bien en origine le démonstratif biscaïen *a* " ce, celui-là", mais, outre que dans les autres dialectes cet *a* ne représente plus que l'article défini, on se tromperait fort si l'on croyait que le dialecte biscaïen ne distingue pas entre *a* adjectif pronominal démonstratif et *a* article défini. Lorsque, dans ce dialecte, on veut exprimer " cet homme, cet homme là" ou " aquel hombre", non seulement on écrit en deux mots séparés *gizon a*, mais l'accent tonique a lieu tout aussi bien sur l'*a* de *gizon* que sur l'*a* qui, dans ce cas, ne forme pas syllabe avec le *a*. Si, au contraire, on ne veut dire que " l'homme", on écrira *gizona* en un seul mot, l'accent tonique appartiendra exclusivement à l'*a*, et ce dernier formera syllabe avec le *a*.

Voilà au reste la représentation phonétique de ces deux prononciations : *gi-zo-ná* "l'homme"; *gi-zón á* "cet homme là". Les exemples cités par M. Vinson, appartenant à l'ancien labourdin, il aurait dû traduire *gaztena*, non pas par "des jeunes-ce . . . là, mais par "des jeunes-le". (*Voyez* ce que nous disons à ce sujet à la p. 13 de notre mémoire "Langue basque et langues finnoises").

Note 131. "L'emploi du génitif est logique avec les noms verbaux en *tze*".

Rien de plus vrai, mais ce qui n'est pas moins vrai, c'est que plus ou remonte aux documents anciens de la langue basque, plus on acquiert la conviction que les substantifs verbaux, soit seuls soit suivis de suffixes, tels que *bethatze, bethatzea, bethatzeak, bethatzek, bethatzeri, bethatzez, bethatzeko, bethatzen, bethatzera, bethatzetik*, etc., étaient jadis toujours incapables de régime direct. Que s'il en est autrement en guipuscoan, en biscaïen et, seulement en partie, en labourdin moderne, le dialecte souletin et le labourdin ancien sont là pour confirmer que l'usage du régime direct n'est qu'un emprunt fait aux langues néo-latines, et que celui du génitif, propre au basque, ne saurait provenir de ces dernières qui l'ignorent. Il n'y a donc pas de participes en basque, mais seulement des noms pouvant se verbiser en se combinant aux pronoms ou à ce qui les représente. Quand ce nom n'est autre que l'adjectif pronominal démonstratif, il donne lieu aux terminatifs que nous appelons "purs". Dans les deux cas, selon nous, le sens verbal n'est que le résultat de l'agglutination, tantôt incorporante tantôt polysynthétique, d'éléments non verbaux.

Note 132. "*Nehork* est négatif parce que la phrase contient *ez* (non)".

Voyez ce que nous disons à ce sujet à la Note 46.

Note 137. "*Bezala*, quelle que soit son origine, signifie *comme*".

Nous croyons qu'il est possible de trouver l'étymologie raisonnée de *bezala*, mais il faut pour cela recourir aux synonymes dialectaux de ce mot, tels que *bekala* et *bikala*. Ce dernier est roncalais, et il est évident que *bi* y remplace *be* et *bez* des autres dialectes, comme *kala*, synonyme de *gala* et de *hala*, y remplace *ala* qui signifie "ainsi". Quant à *bez*, on pourrait bien le prendre pour le synonyme de *beza* transitif " qu' il l' ait ", si, heureusement, *bizala* roncalais ne nous disait clairement que *bez*, dans *bezala*, n' est qu' une variante de *biz* intransitif " qu' il soit ".   *Bezala* n' est donc que *biz ula* " qu' il soit ainsi ", employé en basque pour exprimer " comme " français.   *Egia netak eure alokaceretarik bat bezala* " fais-moi comme un de tes journaliers ", est donc " fais moi *soit-ainsi* un de tes journaliers ".   De même *zeruan lurrean bezala* " dans le ciel comme dans la terre ", se rend " par dans le ciel *soit ainsi* dans la terre ".   L' échange de *bez* avec *biz*, dans ce mot, est une preuve de plus que *izan* " été " et *izan* " en " peuvent se confondre, et qu' ils ne constituent qu' un seul nom se verbisant tantôt d' une manière transitive et tantôt d' une manière intransitive.

Note 141. " *Mais* certainement : *orduan* (dans le moment, cependant, mais) ".

Orduan, disons nous, certainement signifie " quand, alors, lorsque ", et non pas " cependant, mais ".   Il s' analyse : *ordu-a-n* " heure-la-en " ou " moment-le-en ", c' est-à-dire " dans l' heure ", car *ordu* signifie bien " heure " dans le sens de " moment ".   En guipuscoan et en d' autres dialectes, *ordu* a aussi le sens de " heure ", une des parties du jour, tandis' qu' en labourdin c' est de *orea* (ailleurs *oren*) que l' on se sert dans ce cas.

Note 144. " Plutôt *pendant que nous le mangeons*, c' est-à-dire *réjouisssons-nous en mangeant* ; on dirait généralement aujourd' hui dans ce sens en labourdin *jatea dugularik* ".

La forme conjonctive en *la* (*Voyez* la Note 1 du quatrième tableau préliminaire de notre " Verbe ") remplace assez souvent, en labourdin, la forme conjonctive infinitive en *larik*, et l' exemple de Liçarrague prouve qu' il en est de même de l' ancien labourdin. Le souletin n' emploie que la forme en *larik* lorsque le labourdin peut faire usage indifféremment des deux formes, mais le guipuscoan et le biscaïen ne connaissent, dans ce cas, que la forme en *la*.

Note 146. " *Ene* (de moi), *eni* (à moi), formes irrégulières inexpliquées ".

Voyez ce que nous disons à la Note 41.

Note 147. " *Ediren*, non labourdin ".

Ediren n' est pas labourdin moderne, mais *eriden* " trouvé " est bien labourdin ancien.   En biscaïen, *idoro* et *ediro* existent encore, comme synonymes, moins employés, de *aurkitu*.

Note 149. " Landa (lande, champ)".

Landa est bien "champ", mais "lande" est *larre* en labourdin.

Note 150. " Littéralement *ethorri izan duk* veut dire: *tu l'as été venu, ô homme, c'est-à-dire il est venu*".

C'est avec peine que nous nous apercevons que M. Vinson n'est pas encore parvenu, quoiqu'il étudie depuis si longtemps le basque, à se rendre compte de la substitution qui a si souvent lieu dans cette langue, des terminatifs transitifs à sujet de seconde personne pour ceux de la voix intransitive à sujet de première ou de troisième. S'il avait étudié Zavala et Inchauspe, ou qu'il eût simplement lu avec attention ce que nous disons à la Note 2 de la p. I de notre "Verbe", il eût épargné à ceux qui connaissent l'euskara la lecture de cette analyse impossible "tu l'as été venu, ô homme". En effet, *ethorri izan duk* signifie bien "il est venu" comme le dit M. Vinson, et il ne diffère en rien, ajoutons-nous, quant au sens, de *ethorri da* et de *ethorri izan da*, puisque "il a été venu", pour traduire ce dernier, n'est pas possible en français. Néanmoins, il n'en est pas moins vrai que *ethorri izan da*, rendu analytiquement et sans avoir égard à la correction grammaticale de cette langue, n'est autre que "venu-été-est" ou "il a été venu". Or, par la règle de la substitution des voix verbales dont nous venons de parler—substitution qui remplace quelquefois, mais qui n'est pas la vraie allocution basque—"il est venu" peut être exprimé, non seulement par *ethorri da* et *ethorri izan da*, mais aussi par *ethorri duk, dun, dusu, dusku, dusue,* ou *ethorri izan duk*, etc., selon que l'on s'adresse à un homme, à une femme, à une personne que l'on ne veut pas traiter familièrement, à un enfant ou à plusieurs personnes. Ces deux dernières phrases pourtant ne sauraient être rendues analytiquement que par "tu l'as venu" et par "tu l'as eu venu", et non pas par "tu l'as été venu". En effet, M. Vinson perd entièrement de vue que dans *ethorri izan duk, duk* ne pouvant avoir que *hik* pour sujet et *hura* pour régime direct, "*izan* dans le sens de été" y est impossible, tandis que celui de "eu" est le seul qui puisse y trouver place. Nous avons donc une preuve que *izan* est employé, dans ce cas exceptionnel, au lieu de *ukhan* "eu", même en ancien labourdin, ou en tout autre dialecte faisant ordinairement usage de ce dernier.

Note 158. " *Alegerata* (épreuver de l'allegrese)".

Alegeratu, à vrai dire, signifie "réjoui".

Note 162. "Ceci me paraît assez aventureux".

Est-ce au paragraphe tout entier que ces mots de M. Vinson s'appliquent, ou seulement à l'assertion suivante de M. Ribáry, qui est la partie du paragraphe qui précède immédiatement le numéro 162 de cette note? Dans ce dernier cas, nous ne saurions rien voir d'aventureux dans ce que dit ce linguiste, dont voici les paroles (p. 95): "Suivant le nécessité, on peut le transporter (l'accent) de la syllabe qu'il occupait à une autre, dans l'intérêt de la facilité de la versification". En effet, le P. Larramendi, à qui l'on doit cette remarque, est parfaitement dans le vrai, et les exemples qu'il donne dans sa grammaire sont en harmonie avec la bonne prononciation de la poésie guipuscoane moderne, comme nous avons pu le vérifier plus d'une fois.

Note 163. "Comme je n'ai pas étudié l'importante question de l'accent, je me déclare tout à fait incapable d'annoter et de critiquer cette partie du travail de M. Ribáry".

Tant pis, car la question de l'accent fait bien partie de la linguistique, et nous ne pouvons nous empêcher de trouver étrange que les grammairiens basques qui, d'après M. Vinson, ne peuvent pas être des linguistes, aient traité d'une manière admirable ce sujet qu'il n'a pas encore osé aborder, et qu'il considère comme étant au-dessus de ses connaissances. (*Voyez* la Note 15.)

Note 165. "*Guzia* veut dire *tout, le tout*".

Guzia veut dire "le tout", et "tout" se dit *guzi*.

Note 168. "*Bizarria* (vaillance) emprunté à l'espagnol".

A cette assertion gratuite, on pourrait répondre par cette question: "Qu'en savez-vous?" Nous ne garantissons pas que le mot basque *bizar* "barbe" soit la racine de *bizarria*, mais cette explication de Larramendi mérite au moins l'attention des linguistes, puisqu'elle est fondée sur un mot qui se rapporte si bien à ce qui est viril, tandis que la décision tranchante de M. Vinson, n'étant accompagnée d'aucune preuve, ne saurait avoir la moindre importance.

104   REMARQUES.

TROISIÈME PARTIE.

Remarques sur les textes basques de Liçarrague reproduits et traduits littéralement par M. Vinson. *

p. 121. Luc. xv. 11. *Halaber erran-ceçan, Guiçon batec cituen bi seme :* De-même il-dit (dit) *dixit :* homme un il-les-avait (les-avait) deux fils :

12. *Eta hetaric gaztenac erran-cieçón aitári, Aitá, indac onhassunetic niri heltzen çaitadan partea. Eta parti-cietzén onac.*

Et de-ceux-là le-plus-jeune il-le-lui-dit (le-lui-dit) au père : père (père,) donne-la-moi (donne-la-moi-toi) des-biens (du-bien) à-moi en-venir qui-est-à-moi (qui-est-à-moi-à-moi) la-part (la-part.) Et il-les-leur (les-leur) partagea les-biens.

Obs. Dans *erran ciezon*, le sujet étant de troisième personne du singulier, n'est pas exprimé en basque. Il ne fallait donc pas l'indiquer dans le mot à mot. Dans *indac*, au contraire, le sujet de seconde personne, qui est en même temps nécessairement allocutif, est représenté en basque par *k*, masculin. Il fallait donc l'indiquer dans le mot à mot. Dans *çaitadan* enfin, le régime indirect de première personne est répété. Il fallait donc indiquer ce pléonasme dans le mot à mot.

13. *Eta egun gutiren buruän, guciac bilduric seme gaztenor iarcedin herri erran batetara : eta han irion-ceçan bere onhassuna (onhassuna,) prodigoqui vici içanez.* Et jour de-peu dans-la-tête, les-tous ayant-réuni fils-ce-plus-jeune il-alla (s'établit) pays loin vers-les-uns (à-un) : et là il-le-dissipa (le-dissipa) de-soi le-bien prodiguement vie (vivant) ayant-été (étant).

Obs. Quoique *iar cedin* ait bien ici le sens de "il alla",

---

* Les mots entre parenthèses, indiquent les substitutions ou les additions à faire, pour que la reproduction de M. Vinson soit en tout point conforme à l'édition de 1571, ou pour que sa traduction soit exacte. Nous n'avons pas supprimé les nombreux tirets qu'il a cru devoir ajouter au texte basque de Liçarrague.

il n'en est pas moins vrai que "s'établit" rend beaucoup mieux *yar zedin.*

Batetara, ici, est à l'indéfini. Ce n'est donc pas "vers les uns", car le grec et le latin portent εἰς χώραν μακράν et "in regionem longinquam", au singulier. De plus, *ra* se rend en général par "à", et non pas par "vers". C'est le "ad" latin.

Dans *bizi izanez*, *izanez* ne signifie pas "ayant été" qui serait *izanik* ou *izan eta*, mais "étant", participe présent.

Bizi, accompagné de *izan*, dans le sens de "été", n'est pas "vie", mais "vivant"; *bizi naiz* "je vis, je suis vivant", et non pas "je vis, j'ai vie". Pour que *bizi* puisse être rendu par "vie", il faudrait *bizi dut.*

14. *Gucia despendatu ckan çuenean, equin içan cen gossete gogor bat (gogorbat) herri hartan, eta hura has-cedin behar içaten. (?)*

Le-tout dépensé ou quand-il-l'avait (quand-que-l'avait) fait été il-était (était) famine dure une pays dans-ce, et celui-là commença besoin (besoigneux) a-être (en étant), *ou* (en ayant besoin, *selon que l'on considère* behar *comme un adjectif ou comme un substantif:* "behar naiz" *je suis besoigneux;* "behar dut" *je l'ai besoin*).

Obs. *Ukhan çuenean* "quand il l'avait", doit être rendu, mot à mot, par "quand-que-l'avait", car le *n* final de *çuen* n'est pas rédondant ici, mais représente la forme relative, le "que" régi par *ean*. Il ne faut pas non plus, dans le mot à mot, exprimer le sujet "il" qui manque en basque, sous peine d'être inconséquent; car la même raison qui oblige M. Vinson à rendre *cituen bi seme* par "les avait deux fils" avec addition de "les" régime direct, doit aussi l'obliger à supprimer "il" sujet dans "il l'avait".

Quant à *behar*, on ne peut le rendre, dans le mot à mot, par "besoin", qu'autant que l'on prend *izanez* dans un sens impersonnel ou dans l'acception de "ayant"; de même que l'on ne saurait le rendre que par un adjectif, si l'on préfère de prendre *izanez* dans l'acception de "étant" et dans un sens qui ne soit pas impersonnel. Peut importe d'ailleurs que, dans la traduction analytique, "être besoigneux" ne corresponde pas exactement, quant au sens, à "avoir besoin".

15. *Eta ioanic leku hartaco burgués batequin iar-cedin, eta harc igor-ceçan bere possessionetara erdén bazcatzera.*

Et ayant-été lieu de celui-là bourgeois avec-un il-se-mit (se-mit).

et celui-là l'envoya-de-soi vers-les-possessions (aux-possessions) des cochons (des-pourceaux) vers-le-faire-paître (à-faire-paître).

Obs. Le mot "cochon" est inconvenant dans une traduction biblique.

Baskatzera, tel qu'il vient ici, est à l'allatif indéfini, à la manière des noms propres, comme dans *Erromara* "à Rome", que l'on ne dit pas *Erromatara*. Ce qui le prouve, c'est qu'en souletin, en salazarais et en roncalais, où l'on distingue l'allatif indéfini *ra* de l'allatif défini singulier *ala* ou *ara*, on emploierait, dans ce cas, le suffixe *ra* qui, dans ces dialectes, appartient toujours à l'indéfini ou au pluriel. Dans les autres dialectes, au contraire, *ra*, dans les substantifs verbaux, correspond tantôt à *ra* et tantôt à *ala* ou à *ara* du souletin, du salazarais et du roncalais. C'est ainsi que *yatera* du labourdin se traduit par *jatera* en souletin, ou par *shatra* en salazarais ou en roncalais, lorsqu'il signifie "à manger"; et par *jatiala* en souletin, *shateala* en salazarais, et *shatiara* en roncalais, quand il exprime "au manger".

16. *Eta desir çuen ordei iaten çuten maguinchetarie bere sabelaren bethatzera : eta nehorc etzeraucan ematen.*

Et désir il-l'avait (l'avait) les-cochons (les-pourceaux) en-manger qu'ils-avaient (qu'ils-l'-avaient) des-gousses (de gousses) de-soi du-ventre vers-le-remplir (à-remplir) : et personne ne-l'avait-à-lui en-donner.

Obs. *Maginchetarik*, étant accompagné de *zuten* "qu'ils l'avaient", et non pas de *zituzten* "qu'ils les avaient", est ici à l'indéfini et doit être rendu par "de gousses", et non par "des gousses".

17. *Eta bere barnari ohart-cequionean, erran-ceçan, Cembat alocacer diraden ene aitaren etchean oguia franco (frango) dutenic, eta ni gosses hilcen (hiltzen) bainaiz !*

Et de-soi à-la-tête quand-il-eut-fait-attention (quand-que-lui-remarqua), il-dit (le dit) : Combien journalier ils-sont (qu'ils-sont) de-moi du-père dans-la-maison le-pain abondamment qui-l'ont-quelques (qui-ils-l'ont-quelques), et moi de-faim en-mourir voici-que-je-suis (que-je-suis) !

Obs. Dans *ohart-zekion*, qui signifie bien "il lui fit attention", il y a un régime indirect de troisième personne, que M. Vinson oublie de rendre dans sa traduction mot à mot. Ce régime est exprimé par *o*, tandis que *ki* est le thème. *Ohart* est le radical de *ohartu* "remarqué" qui, en basque, s'emploie à l'intransitif. La

traduction "quand-il-eut-fait-attention", ne saurait correspondre,
dans le dialecte de Laçarrague, qu'à *ohartu izan zen*, car *ohart
zekion* exprime le prétérit défini, et non pas le prétérit antérieur
du français. Ce dernier, le plus-que-parfait, et le prétérit indéfini,
ne sont pas exprimés, en basque, par le radical, mais par l'adjectif verbal suivi de *izan* ou de *ukhan* et de l'imparfait, s'il
s'agit du premier ; de l'imparfait seul, s'il s'agit du second ; et
du présent de l'indicatif, s'il s'agit du troisième : *ohart zekion*
"il lui remarqua" ; *ohartu izan zayon* "il lui eut remarqué" ;
ohartu zayon "il lui avait remarqué" ; *ohartu zayo* "il lui a
remarqué".

18. *Jaiquiric ioanen naiz neure aitapana, eta erranen draucat,
Aitá, huts eguin diat cerúeco contra (contra,) eta hire aitzinean.*

M'étant-levé pour-aller (de-allé) je-suis de-moi vers-le-père
(au père), et pour-dire (de-dit) je-l'ai-à-lui : Père, faute faite je-
l'ai, ô-homme (faite-je-l'ai) du-ciel contre et de toi dans la présence (dant-le-devant).

Obs. Ces mots " ô homme", sont tout ce qu'il y a de plus
choquant. Dans *diat* "je l'ai" nous avons : 1°. le radical *di*,
dérivé de *du*, dont l'*u*, s'est changé en *i* par l'influence flexive de
l'allocution ; 2°. la voyelle euphonique *a*, qui a survécu au *k* exprimant l'allocution masculine ; 3°. le sujet de première personne
du singulier, représenté par *t*. C'est donc le *k* qui représente le
"toi" allocutif masculin, ce *k* qui a disparu du terminatif *diat*, et
dont la voyelle euphonique est rendue par " ô homme" ! S'il ne
s'agissait que de rendre le sens par une traduction plus ou moins
libre, cela pourrait encore être admis, mais lorsqu'on a la prétention
de rendre mot à mot les terminatifs basques, cela passe toute per-
mission. En effet, M. Vinson s'expose à ce qu'on lui reproche,
soit d'avoir donné, dans une traduction analytique, un sens à ce
qui n'existe pas, soit d'avoir pris une voyelle euphonique pour un
substantif précédé d'une interjection.

19. *Eta guehiago-ric (guehiagoric) eznauc digne hire seme deitzeco : eguin-neçac eure alocaceretaric bat beçala.*

Et plus-quelque tu-ne-m'as-pas, ô-homme (tu-ne-m'as-pas) digne
de-toi le-fils de-m'appeler (d'appeler) : fais-moi, ô-homme (fais-moi-
toi) de-toi des-journaliers un comme.

Obs. Dans *eznauk* "tu-ne-m'as-pas", la seconde personne ne

se trouve qu'une fois, mais l'addition de "ô homme" est propre à faire croire que cette seconde personne y soit représentée deux fois, comme sujet et comme allocutif, ce qui serait pléonastique; car il ne faut pas oublier que lorsque la seconde personne entre dans le verbe soit comme sujet, soit comme régime, elle est en même temps nécessairement allocutive par la force des choses, dans n'importe quelle langue. Pour que la traduction "tu-ne-m' a-pas, toi *masc.*," fût analytiquement correcte, il faudrait que la seconde personne se présentât deux fois d'une manière pléonastique, comme serait *eznankak*, à l'instar du guipuscoan *zaitadak* "il m' est à moi, toi", où le *t* et le *d* représentent le régime indirect de première personne du singulier.

20. *Jaiquiric bada ethor-cedin bere aitagana. Eta hura oraina errun celu, ikus ceçan bere aitac, eta compassione har-ceçan, eta laster eguinic egotz-ceçan bere burua haren leppora, eta pot eguin-cieçon.*

S'étant-levé (étant-levé) or *donc* il-vint (vint) de-soi vers-le-père (au-père). Et celui-là jusqu'à-présent *encore* loin *pendant-* qu'il-était (qu'était), il-le-vit (le-vit) de-soi le-père, et compassion il-la-prit (la-prit), et vite ayant-fait il-jeta (la-jeta) de-soi la-tête de-lui vers-le-cou (au cou), et baiser il-le-lui-fit (le-lui-fit).

21. *Eta erran-cieçon semeac, Aitá, huts, etc.*

Et il-le-lui-dit (lui-dit) le-fils : Père, faute, etc.

OBS. Les mots de ce verset, qui suivent après *huts*, ont été supprimés par M. Vinson, mais non pas par M. Ribáry. (*Voyez* p. 89.) Les voici : *eguin diat ceruaren contra, eta hire aitcinean, eta guehiagoric eznauc digne hire seme deitzeco.* "faute faite je-l'ai du-ciel contre et de-toi dans-le-devant, et plus-quelque tu-ne-m' as-pas digne le-fils d'appeler". Il est vrai que ces mots ne sont que la répétition de ceux des versets 18 et 19, mais les textes bibliques ne se suppriment pas ainsi.

22. *Orduan erran-ciecén aitac bere cerbitzariey, Ekarçue arropa principalena, eta emoçue erhaztun bat (erhaztumbat) bere escura, eta çapatac oinhetara :*

Mais (alors) il-le-leur-dit (le-leur-dit) le-père de-soi aux-servi- teurs, Portez-le *pl.* (portez-le-vous) vêtement le-principal, et revêtis- sez-la-lui (revêtissez-le-lui-vous) ; et donnez-le-lui (donnez-le-lui- vous) anneau un de-lui (de-soi) vers-la-main (à-la-main), et les- chaussures (les-souliers) vers-les-pieds (aux-pieds) :

23. *Eta ekarriric aretze guicena, hil-eçaçue : eta iaten dugula atseguin har-deçagun.*

Et ayant-porté veau le-gras, tuez-le (tuez-le-vous) : et en-manger *pendant*-que-nous-l'avons (que-nous-l'avons), plaisir que-nous-prenions (que-nous-le-prenions).

24. *Ecen ene seme haur hil cen, eta harçara viztu da : galdu cen, eta eriden da. Eta has-citecen atseguin hartzen.*

Car de-moi fils celui-ci mort était, et de-nouveau allumé (vivifié) ressuscité il-est (est) : perdu il-était (était), et trouvé il-est (est). Et ils-commencèrent plaisir en-prendre.

Ons. *Biztu* vient de *bizi* "vie, vivant" et, au propre, il signifie bien "vivifié, ressuscité". Le sens de "allumé" n'a lieu qu'au figuré.

25. *Eta cen haren seme çaharrena landán, eta ethorten cela etche-ari hurbildu çayoneau, ençun-citzan melodiá eta dançác.*

Et était de-celui-là fils le-plus-vieux dans-le-champ, et en-venir *pendant*-qu'il-était (qu'était) à-la-maison approché quand-il-était-à-elle (quand-qu'était-à-elle), il les-entendit (les-entendit) la-mélodie et les-danses.

26. *Eta deithuric cerbitzarietaric bat, interroga-eçan hura cer cen.*

Et ayant-appelé des-serviteurs un, il-l'interrogea (l'interrogea) celui-là quoi il-était (qu'était).

27. *Eta harc erran-cieçôn, Hire anaye ethorri içan duc, eta hil akas die hire aitac aretze guicen bat (guicembat), ceren osso-rio (ossaric) hura recebitu duen.*

Et celui-là il-le-lui-dit (le-lui-dit) : De-toi frère venu été (eu) tu-l'as, ô-homme (tu-l'as), et tué eu il-l'a, ô-homme (l'a-toi) de-toi le-père veau gras un, parce-que entier-quelque (sain-quelque) celui-là reçu il-l'a *conj.* (que-l'a). *Voyez la note* 150, p. 102.

28. *Eta asserre-cedin : eta etzén sarthu nahi içan : bere aitác bada ilkiric othoitz eguin-cieçon.*

Et il-se-fâcha (se-fâcha) : et il-n'était-pas (n'était-pas) entré volonté (désireux) été : de-soi le-père or étant-sorti prière il-la-lui-fit (la-lui-fit). *Voyez le verset* 14.

29. *Baina harc ihardesten çuela erran-cieçôn aitari (bere aitari), Huná, hambat urthe (urthe) die cerbitzatzen andala, eta egundano hire manu-ric (manuric) eztiat iragan, eta egundano*

pitinabat (pitinabat) eztrautac eman neure adisquidequin atseguin hartzeco.

Mais celui-là en-répondre *pendant*-qu' il-l'avait (que-l'avait) il-le-lui-dit (le-lui-dit) au-père, Voici, tant année il-l'a, ô-homme (l' a-toi) en-servir que-je-t' ai, et jusqu' à aujourd' hui de-toi commande-ment-quelque je-ne-l' ai-pas, ô homme, (je-ne-l' ai-pas) passé (passé,) et jusqu' à-aujourd' hui chevreau un tu-ne-l' as-pas-à-moi, ô homme, (tu-ne-l' as-pas-à-moi) donné de-moi avec-les-amis plaisir pour-prendre (de-prendre).

30. *Baina hire seme haur, ceinec iretsi vkan baitu hire onhassun gucia putéquin, ethorri içan denean, hil vkan draucac huni aretze guicena.*

Mais de-toi fils celui-ci, lequel dévoré en l'a (que l'a) de-toi bien le-tout avec-les-putains (avec-les-prostituées) venu été quand-il-est (quand-qu' est) tué eu tu-le-lui-as, ô-homme (tu-le-lui-as) à celui-ci veau le-gras.

Obs. Nous avons substitué le mot "prostituées" à celui que M. Vinson se permet dans une traduction biblique, et qui est qualifié de "malhonnête" par l' Académie. Si l' expression basque qui y correspond eût été malsonnante du temps de Liçarrague, celui-ci se serait bien gardé de l' employer. Que la racine de ce mot soit la même dans les deux langues, ne saurait d' ailleurs en justifier l' emploi en français.

31. *Eta hare erran-cieçón, Semé, hi bethi enequin aiz, eta ene gucia hire due:*

Et celui-là il-le-lui-dit (le-lui-dit): Fils, toi toujours avec-moi tu-es, et de-moi le-tout de-toi tu-l' as:

32. *Eta atseguin hartu behar çuen, eta alegueratu, ceren hire anaye haur hil baitzén, eta viztu baita, etc.*

Et plaisir pris besoin tu-l' avais, ô homme (était) et réjoui, parce-que de-toi frère celui-ci mort il-était (qu' était), et ressuscité (vivifié) il-est (qu' est), etc.

Obs. Nous ne comprenons pas pourquoi M. Vinson supprime les mots de ce verset qui viennent après *baita,* d' autant plus que M. Ribáry ne les a pas oubliés. (*Voyez* p. 93) Les voici : *galdu baitzén, eta eriden baita* "perdu qu' était, et retrouvé qu' est".

Quant au terminatif *çuen* dans *hartu behar çuen,* il est très-incorrectement rendu par M. Vinson, car *çuen* est intransitif, et ne peut en aucun cas être employé d'une manière transitive. De plus, il n' exprime pas un sujet de seconde personne, mais de troisième, puisque la seconde n' y entrait que d'une manière allocutive, comme cela est clairement indiqué par l' *a* euphonique qui a survécu au *k* du traitement masculin. En effet, le terminatif féminin qui y correspond est *zuan*. L' un et l' autre ont exactement le même sens que *zea* "il était", et ne peuvent jamais être employés pour "tu l' avais". Ce dernier, en basque de Liçarrague, se rend par *auen* au masculin et au féminin, et par *zenduen* au respectueux, tandis que "il l' avait", s' exprime par *zuen* à l' indéfini, par *ziau* au masculin, et par *zinan* au féminin. *Zuda* et *zuan*, qui n' ont rien de commun avec *zidn* et *zinan*, sont donc, à n' en pas douter, le masculin et le féminin de *zen*, et ne sauraient être autre chose.

p. 124. Joan. iv. 9. *Diotsa bada hari emazte Samaritana hunec, Nola hi iudu (Judu) aicelaric, edatera niri esques aut, bainaiz emazte Samaritana? ecen eztie conversationeric iuduéc (Judu-éc) Samaritanoequin.*

Elle-lui-dit (le-lui-dit) or à-celui-là femme Samaritaine (samaritaine)celle-ci : Comment toi juif pendant que es(pendant-que-tu es) à-boire à-moi par-demande je-t' ai, parce-que-je-suis femme samaritaine? car ils-ne-l' ont pas, ô-homme (ils-ne-l' ont-pas) de-conversation les-juifs avec-les-Samaritains.

10. *Ihardets-ceçan Jesusec eta erran-cieçón, Baldin bahaqui Iaincoaren dohaina, eta nor den hiri erraiten drauana, Indan edatera, hi escatu inçayqueon hari, eta eman baitzerauquenan vr vicitic.*

Il-le-répondit (le répondit) Jesus et il-le-lui-dit (le-lui-dit): Si-tu-le-savais de-Dieu le-don et qui est (qu' est) à-toi en-dire celui-que-tu-as, ô-femme (celui-qui-te-l' as) : Donne-le-moi, ô-femme (donne-le-moi toi) à-boire, toi demandé tu-l' aurais-à-lui, ô-femme (tu aurais-été-à-lui) à-celui-là, et donné il-l' aurait-à-toi, ô-femme (que-l' aurait-eu à-toi) eau vie-de (de-la-vie).

Obs. 1°. *Drauana* est bien "celui-qui-te-l' a", et non pas "celui-que-tu-as". Ce dernier serait *dunana*, d' après Liçarrague. M. Vinson confond les sujets, et oublie le régime indirect féminin, exprimé par le premier *n*.

2°. *Escatu* s' emploie à l' intransitif, ce qui fait que la traduction analytique de *hi escatu inçaikeon* ne peut être "tu l' aurais à lui", car ni le suffixe actif ni le régime direct s'y trouvent. De plus, *izaikroa* est au passé, et non pas au présent du conditionnel, *izaikro*. L'analyse est donc " tu aurais-été-à-lui ". Il en est de même de *baitzerankenan* féminin, forme causative de *zerankenas*, signifiant " il l'aurait eu à toi ", et non pas " il l'aurait à toi ", qui est *zeranken* au féminin.

3°. *Bizitik* est au défini. C'est donc " de la vie ", car " de vie ", comme traduit M. Vinson, se rendrait par *bizitarik* à l'indéfini, du moins en labourdin.

Les traductions que nous venons de critiquer, présentent le grand inconvénient de n'être ni conséquemment analytiques, ni conséquemment faites d'après le sens. Si M. Vinson avait voulu suivre le sens, il n'aurait pas rendu, par exemple, *bere burua*, lorsqu'il signifie " soi-même ", par " de soi la tête ". Si son intention, au contraire, était de nous donner une analyse, il a eu grandement raison d'adopter " de soi la tête ", mais alors, pour être conséquent, il fallait rendre *aitzinean*, non pas par " dans la présence ", mais par " dans le devant ". Nous ne croyons pas que, même avec nos corrections, ces traductions puissent être considérées comme conséquemment analytiques, ou telles que M. Vinson a cru nous les donner. Pour qu'elles deviennent telles, de nombreux changements seraient encore nécessaires, tels que " le-des-jeunes ", au lieu de " le plus jeune ", pour rendre *gaztena*; " avec-de-moi ", au lieu de " avec moi ", pour rendre *enekin*, etc. Pour donner une idée complète d'une langue quelconque, deux sortes de traductions, indépendantes l'une de l'autre, sont indispensables, mais ce qui ne l'est pas moins, c'est d'éviter, avec le plus grand soin, une traduction mixte qui, tantôt traduisant les mots et tantôt les analysant, serait plus nuisible qu'utile. Dans la première sorte de traduction, qui est la littérale, on est obligé d'être correct, sans toutefois être élégant, selon les règles de la langue dans laquelle on traduit. " Dans la tête de peu de jours ", au lieu de " au bout de peu de jours ", pour *egun gutiren buruan*, n'étant pas du français, il s'en suit que la traduction de M. Vinson n'en est pas une d'après le sens. Dans la deuxième sorte de traduction, qui est l'analytique, on ne doit avoir aucun égard à la correction grammaticale, mais on doit s'attacher à rendre analytiquement les mots, disposés dans l'ordre adopté par la langue de laquelle, et non pas dans laquelle, on

traduit. "Quand il l'avait eu", au lieu de "dans-le-que-l'avait-
eu", pour *ukhan zuenean*, ne donnant que le sens sans l'analyse, la
traduction de M. Vinson n'est pas non plus analytique. Nous
pensons toutefois que son travail, comme ensemble, peut être
qualifié de "passable", mais les corrections dont ses traductions
sont susceptibles, comme nous venons de le démontrer, prouvent
qu'il a encore besoin d'étudier les ouvrages des grammairiens
basques pour être en état de donner des analyses bien exactes.
Cela viendra sans doute, avec le temps, pourvu toutefois qu'il soit
bien docile à leurs leçons.

Observations finales sur la " Notice bibliographique",
p. 127.

Cette notice bibliographique des ouvrages relatifs à l'étude du
basque, se distingue de celles qui l'ont précédée par des renseignements plus corrects et par un certain nombre d'additions. Si
donc, d'une part, il serait injuste de ne pas vouloir reconnaître à
M. Vinson le mérite de nous avoir donné une liste d'ouvrages
moins incomplète que celles de ses prédécesseurs, il ne serait pas
moins injuste, d'autre part, de ne pas vouloir convenir que la
description de la plus grande partie des articles dont elle se
compose a déjà été publiée par d'autres. En comparant la liste
de M. Vinson avec la partie basque du catalogue de nos livres, nous
avons pu nous convaincre qu'elle n'est pas encore complète, et que
des fautes légères s'y sont quelquefois glissées, non seulement
dans la transcription des titres, mais aussi dans quelques uns des
renseignements. Si nous n'espérions pas de pouvoir un jour
publier le catalogue raisonné de notre bibliothèque linguistique,
nous n'hésiterions pas à faire connaître ces imperfections, autant
du moins qu'elles nous sont indiquées par les livres que nous
possédons, qui, bien que très-nombreux, ne forment pas non plus
une collection bibliographique complète de l'euskara.

Nous ne pouvons nous empêcher toutefois de signaler, dès à
présent, dans la Notice bibliographique de M. Vinson, l'absence
de plusieurs ouvrages qui, présentant le basque accompagné d'une
traduction soit espagnole, soit française, soit latine, auraient dû y

figurer au même titre que le numéro L. "Dialogos basco castella-
nos, &c." En effet, cet opuscule, ne contenant pas d'observations
grammaticales, n'aurait pas dû faire partie, d'après ce que M.
Vinson nous dit à la p. xxiv, de sa liste bibliographique. Néanmoins, comme ce petit livre a été jugé digne, malgré cette circonstance, d'une mention spéciale, nous croyons que l'édition que
nous avons donnée des mêmes dialogues, corrigée et augmentée,
non seulement d'une traduction française, mais aussi des traductions biscaïenne, labourdine et souletine, aurait dû jouir, à plus
forte raison, du même privilége. La même remarque s'applique
aux différents textes présentant plusieurs dialectes ou plusieurs
variétés à la fois, textes que nous avons publiés dans un but de
linguistique comparative, et dont les titres se trouvent enregistrés
dans le catalogue imprimé de tous les ouvrages que nous avons édités
dans l'intérêt de cette science.

L'ouvrage suivant, qui paraît être le premier livre imprimé à
Bilbao, en même temps qu'il est le premier qui traite de la langue
basque, aurait dû aussi figurer en tête de la liste de M. Vinson :
"De la antigva lengva, poblaciones, y comarcas de las Españas, etc.
Por el Licenciado Andres de Poça, etc. En Bilbao. 1587. In-
4°, rarissime". (Voyez pour plus de détails "Proverbes basques,
etc. par Oihenart". Bordeaux, 1847. Introduction par Francisque-
Michel. p. v.)

Nous finirons par déclarer que nous ne saurions nous trouver
que rarement d'accord avec M. Vinson quant aux qualifications de
"rare, assez rare, assez commun, commun" qu'il donne aux livres
basques. Ce qui pour lui est "rare", est souvent "rarissime"
pour nous ; son "assez rare", est, plus d'une fois, notre "rare" ;
son "assez commun", est souvent notre "assez rare" ; et "son
commun", notre "assez commun". Il n'y a pour nous de "communs" que les livres qui se rencontrent régulièrement dans le
commerce. Lorsqu'un ouvrage, qu'il fasse ou non partie de n'importe quelle bibliothèque, n'est mis que très-rarement en vente
dans un état complet, nous n'hésitons pas à le qualifier de "rarissime". Nous considérons comme tel, par exemple, le Nouveau
Testament traduit par Liçarrague ; les "Discvrsos de la antigve-
dad de la lengva cantabra" par Balthasar de Echave ; l'ouvrage
d'Andres de Poça, etc., etc.

CONCLUSION.

Le but que nous nous sommes proposé dans ces remarques critiques, a été triple: 1°. Corriger des erreurs, soit de fait, soit d'appréciation, dont le livre de M. Vinson est loin d'être exempt, tout en approuvant, par cela même que nous n'en disons rien, certaines corrections qu'il a apportées à l'ouvrage de M. Ribáry qui, nous n'en doutons pas, ne manquera pas d'accepter ce qui est juste, sans se soumettre à ce qui est évidemment erroné dans certaines autres corrections de M. Vinson; 2°. Châtier le manque de modestie, le ton dogmatique et certaines insinuations qu'un simple amateur s'est trop souvent permises en parlant d'auteurs très-respectables par leurs connaissances linguistiques. Si sa manière envers ceux-ci a été, seulement quant à la forme, un peu moins sévère que la nôtre envers lui, cela tient à ce que nous préférons parler sans crainte *ex abundantia cordis*, que d'imiter certaines gens qui vous caressent d'une patte et vous égratignent de l'autre; 3°. Faire connaître quelques-uns des nouveaux résultats auxquels nous croyons être arrivé depuis nos dernières publications.

LONGUES, le 26 *Mars*, 1877.

E. LEROUX, ÉDITEUR,

RUE BONAPARTE, 28.

www.ingramcontent.com/pod-product-compliance
Ingram Content Group UK Ltd.
Pitfield, Milton Keynes, MK11 3LW, UK
UKHW022122170726
13837UKWH00003B/1293